路地

被差別部落をめぐる文学

紙礫

6

目次

路地という言葉について

一般的に「路地」という言葉は、家や建物のあいだにある狭い道のことを指すが、私が「路地」と書くときは大体、被差別部落や同和地区のことを指す。だからここでも、路地というのは被差別部落や同和地区のことを指して使っている。

これは作家の中上健次が作品の中で使ったのが初めてである。作品にしばしば登場する人物の出身地が、紀州の路地（同和地区）と設定されているのだ。小説の中で、この路地が被差別部落や同和地区を指していると説明されたことは一度もない。しかし中上が紀州の被差別部落生まれであることから、彼の言う路地が被差別部落の隠喩であることは、すでに多くの人が知るところとなっている。中上の文学的なテーマを引き受けるつもりで、私も彼にならって同和地区を「路地」と呼ぶようにしたのだ。

被差別部落に使われている「部落」という言葉も、もともとは集落という意味で使われていた。水平社が戦後、「部落解放同盟」と改称したのをきっかけにして、主に西日本では「部落」というと、同和地区のことを指すようになった。東日本では今でも集落の意味で「部落」を使う。部落も、路地も、それぞれ本来の意味があったというのに、いろいろな歴史的経緯をへて、新たな意味が付随した。また「同和」という言葉は、行政用語である。国の施策ではなくなった今、同和地区は「旧同和地区」と呼ばれているのが現状だ。

だからこれまでのイデオロギー色や偏見をできるだけ取り除きたいと考え、ここでは被差別部落や同和地区のことを路地と書いている。

上原善広

部落問題と文学

松本清張《まつもとせいちょう》・吉野壮児《よしのそうじ》・
開高健《かいこうたけし》・杉浦明平《すぎうらみんぺい》・野間宏《のまひろし》

はじめに

本誌（「文学」編集部）　お忙しいところお集りいただきましてありがとうございました。本日は「部落問題と文学」ということでご討議願いたいと思います。部落問題は社会的、経済的あるいは歴史的な分析の面では、ことに戦後非常に研究が進んだと思いますが、芸術的表現の面では、相対的におくれているのではないか。そしてこれまで照明の当っていないこの部落、及び部落をとりまく部落外の人間の問題に表現を与えてゆくという仕事は、野間さんも指摘されていたように、日本人全体が、自分たちの問題として、部落問題の解決の条件を考える基盤をひろく作り出してゆく上で、非常に大切な問題だと思います。しかし、相対的におくれているということの理由は、表現を与えてゆく場合に当って作家の中と外にいろいろ困難な問題が横たわっているということでもあるわけですから、部落問題は今どのような表現を求めており、それにどう答えてゆくかということと同時に、この点も、ご体験など具体的に出していただく中でお話し願いたいと思います。部落問題は日本社会の近代の歪みが最も集中された側面の一つであると思いますが、ここにお集りの方々は、それぞれ、そういう日本の社会の諸側面に様々な角度からメスを入れる努力をなさっておられますので、そのために現在考えておられる創作上の一般的な問題などと関連してご自由に発言していただきたいのです。

一　部落問題の本質

まず、はじめに、部落問題をどう本質的に理解したらよいか、差別意識がなぜ発生したか、というような点から、お話しを伺いたいと思います。

支配政策の具として

松本　どうして昔から部落民があういう差別待遇を受けてきたかということになると思いますが、江戸幕府各藩の法令がいろいろあるのを見ますと、笠をかぶって歩いてはいけないとか、その他いろいろのことが明文化されているのですね。武士から見れば下層の町人、百姓がいろいろ表面上は重宝がられているけれども、それよりももう一つ下層のものを作って、彼らに心理的安堵感を与えるという政策がたぶんにあったのではないかな。

吉野　それはありますね。日本の各藩によってこまかいところはちがうでしょうが、だいたい松本さんの言われることが正しいのではないかと思います。心理的、意識の問題ですね。朝鮮《ちょうせん》の人は部落の人を侮《あなど》る、部落の人は朝鮮の人を侮る、という意識を、たくみに利用しているというところがある。

部落の発生は単純だと思うのです。人種とかなんかということでなしに、要するにそういうことなんだろうと思うのですね、発生は。

松本　発生についてはいろいろ説がありますね。中世の餌取《えとり》、鷹匠《たかしょう》のそれがなまってなったということ。仏教の関係で殺生を非常に忌み嫌ったために、だんだん餌取のほうが職業を失ってきて、それが職業的関連から、たとえば牛馬を殺して皮をはぐとか、あるいは死人を葬るとかいう職業に向った。そしてそれが普遍化したということも言われておりますが、職業的蔑視と、それから先にいった分割支配の政策があったのではないかと思いますね。

開高　少数民族の問題ですが、サルトルがユダヤ人問題について書いている論文を見てもヨーロッパでユダヤ人が迫害される理由について、階級間相互を憎悪で結びつけ、ぜったい一つの階級の感情が権力者に直接むかって上昇しないよう、そのクッションの道具として必要なんだからだという見解ですね。だからユダヤ人というものは存在しない。ユダヤ人はつくられるのだということになるわけでしょう。部落民は日本では、少数民族の問題でないし、ユダヤ人ほど組織化された憎悪や蔑視の対象となっていないにせよ、部落民に対する日本人の内面心理の古い病巣はいまでもやっぱり根深く食いこんでのこっているのじゃないかと思います。つまり過去に組織的に受けた訓練の反映は、今でもいろいろな形で影響をのこしているでしょう。

杉浦　本質的には、政治の問題としては、いま松本さんの言われた点は、はっきり出ているのですね。

そしてこれはただ下にあるということだけだったら非常に単純なんです。それだけでなしに、私は徳川の政策が現在まで生き残っていると思うのですけれども、たとえば江戸時代の目明《めあか》しというものは、差別されている階級から選ばした。つまり支配階級の権力機構の末端に使うことによって、反目を一層あおりたてるようなことをした。そういう意味では、お互に喰い合せるという政策が徹底している。さらにその下には非人というものを作ったりしてね。一番根本的なことは、松本さんが言われた通りのことではないかと思うのです。だからこれは逆にいえば、われわれの文学の方面では、この問題に対しては大きく働きかけられる気がするのです。人種がちがうということになれば、たいへんむずかしい別の問題が絡んでくるのですね。

お寺の屋根は大きいが

松本　人種がちがうということはもう古い説で、今はそういうことはないと思いますね。日本人の形成が雑種ですからね、そういうことはないけれども、ただちょっと疑問に思っているのは、そういう賤民《せんみん》の職業の、牛馬の皮をはぐとか、その肉を食うとかが仏教の上では忌み嫌われる。その宗教的なものに結びついてよけいに一般の目から賤《いや》しめられる風潮をつけた。しかし、仏教のなかでは真宗《しんしゅう》が昔から部落民のあいだに、ずっと勢力をもっている。現在でも部落に行くと、真宗だけ大きいお寺がある。仏壇でも大きい仏壇があるということですね。これがちょっとわからないのですね。彼らの職業が、仏教の影響でよけいに賤しめられたとすると、その仏教の一つの真宗が部落民のあいだに信用を得て、信仰が強いという、そこの関係はどうですか。

野間　それはつまり浄土真宗《じょうどしんしゅう》という宗教が、これが唯一の日本の大衆宗教で、ほかの宗教は全部とは言いきれませんが、部落民は助からないとは言いませんけれども、そこまで手をさしのべなかった。しかし真宗のみはすべては仏の前で平等です。つまりどう言いますか、現在の意味の平等といえないにしても、宗教というものは大衆のものだという思想でしょう。部落の中へ、つまり農民のなかへも、どんどん入っていったわけです。だから部落にとって真宗は唯一の救いをもたらすものだった。しかしそれが今は逆に遅れた部落を搾取しているというふうに言われている。明治以後に浄土真宗の親鸞《しんらん》の子孫（東西本願寺《ほんがんじ》の法王）といわれる血統と天皇の血統とが統一されて、真宗は支配階級になった天皇制のイデオロギー的な支柱の一つとなったわけですよ。そこで親鸞の思想を逆手にとって、天皇を支持し、部落を搾取するという形が出てくる。お寺が部落のいちばんいい場所にあり、すばらしい伽藍《がらん》が建っていて、ほかのものは実に小さいということは象徴的ですね。

天皇制と部落

杉浦　明治になって法的には四民平等ということになった。華族がそこでできたわけでしょう。そうすると、とうぜんいちおう法律の上では平民として差がないのだけれども、華族とか皇族というものがある限り、下の身分が実質的にないと成立たないのではないかと思うのです。明治以後、そういう意味では政治的にそれまでのように差別することがどうしても必要だったと思いますね。

松本　身分制度というものは天皇制の擬制ですね。

野間　つまり天皇制ははじめはなかったのだけれども、だんだんと出てきますね。皇室典範《てんぱん》、大日本帝国憲法などで、天皇制というのはずっと確立してくる。それと同時に部落に対する強圧というものが加わってくるわけですね。明治維新というものは最初はもっと下克上《げこくじょう》的なところがあった。維新だから、まだ希望があったと思うのです。ちょっと話がそれるかもしれませんが、たとえば戦後、京《きょう》都《と》に七条《しちじょう》という部落があるのですが、敗戦直後の昭和二十年から二十一年の初めにかけては、食べ物のあるところは部落だけだったのですね。そうしたら京都中の人間がここに押し寄せたのです。そして部落の土間にテーブルが置かれてぜんざいが出されるということで、それをみんな食べに行ったのです。そのとき、そこのおじいさんに会ったのですけれども、そのおじいさんは、みんな誰でも来たということで解放されたと思ったそうですね。しかし、それからしばらくして尋ねて行ったところが、今度は悲観しているのですね、そのおじいさんが。

開高　もとに戻っちゃったわけですか。やっぱり人格の独立は経済に左右される原則ですか。(笑)

野間　さっとひいていったのですね。（笑）　明治維新のときには、方々から解放しろというつよい要求があったから解放されたのだと思うのですけれども、それが、天皇制が確立してゆく中で、もう一度、あのような中に追いこまれたのだと思います。松本さんの小説では右翼という形をとっているのだけれども、部落を利用して、天皇制の底辺をかためてゆくボスの動きというものが出てくるのですね。右翼とのつながりというのは非常にあるんですね。ストライキ破りの暴力団が部落から出る……。

松本　今のお話の、明治四年の身分解放令のときに、普通士農工商がなくなって、平民になったということですね。ただその部落民だけが取り残されたというのはどういうわけでしょう。

杉浦　いちおう解放されたけれども、だんだん天皇制は強くなってきますね。それにつれてやはり差別というものを、そこだけ残す。解放に向わないで残していくということが出てくるわけですね。これは解放の歴史のなかに出てきますね。たとえば大正八年に高松《たかまつ》の高等裁判所で離縁の判決の問題が出てくるのですね。奥さんがいわゆる部落出身であったが、身分をかくして結婚した。という理由で離婚訴訟を起したところ、当時、天皇の名前で行われている裁判所で、身分をかくして結婚したことがはっきりしたならば離婚が成立するのはとうぜんであるという形で、亭主の離婚訴訟を認めているわけです。これはほんとに天皇制がなぜ部落を必要としたかということを物語っているいちばんの例だというふうによく言われておりますけれども……。

松本　しかし僕らは、そういう天皇制を維持するために、部落に対する差別態度を残したということは、まだピンとこないのですね。

杉浦　簡単にいってしまえば、身分解放令を出しても、経済的には徳川時代のままの、むしろそれよりもっと悪い状況のもとで残された。ほかのところは資本主義の方向にだんだん発展したけれども、資本主義化する資本もない、土地もない、そういう状況におかれたわけですね。根本的に、この問題を解決してゆかなければ、部落民に対する差別意識というものは解けない。

野間　天皇制というのは、つまり身分制度であって、身分制度を作り出していったということですね。身分制度をなくすには、いちばん下から全部ひっくり返すというほかはないわけですね。そこのところの問題と、いま杉浦さんが言ったような、日本の資本主義の問題とがからまっているというふうに、ずっと社会科学で説明されてきているのですけれどもね。

日本人の人間意識

吉野　社会科学で天皇制と結びつけて説明するのは僕らもよく納得できるのですけれども、それ以前の問題として、未解放部落以外の人間の持っている隠微な人間意識を考えることは重大だと思います。この人たちにしみついた社会感覚、これは非常に危険なものがあると思うのです。徳川時代のそれから、あまり出ていないと思うのです。天皇は象徴といっても、僕らはなんの象徴かわからない。しかし、レッテルの貼りかえである象徴ということを単純に納得する。そういうくだらない意識からいつまでたっても抜けられていないのではないでしょうか。民主主義が戦後移植されましたが、なんだか知らない民主主義という名前を聞いていると、いつの間にかそれを納得する。そういうところがたくさんあると思うのです。ですから天皇制をひっくり返して、それによって部落がそのまま解放できるという甘い考え方はもちろんできませんし、日本人に汚点のようにしみついているそういう意識をどうにかしないかぎり非常にむずかしいことだと思います。たとえば僕らにとって象徴ということは別に精神的支柱でも何でもないのですが、新聞に阿部《あべ》真之助《しんのすけ》氏が、皇太子がお嫁さんをもらうということに関して、「粉屋の娘の腹にできた子供が、一天万乗《いってんばんじょう》の君になるのか」ということを書かれる。ところが僕らには粉屋の娘という意識はない。むしろ僕らより時代の上の人たちは、そういうのを実際に意識としてもっているわけです。

野間　それはそうですね。粉屋であろうが、なに屋であろうが同じだ。それを粉屋というのはすでに差別意識がある。ただその場合、粉屋の娘という言い方が、非常にそういう意識と同時に、逆に巧妙に使われている面もあると思うのです。

吉野　それはもちろんあるのです。ですからそういう文章全体として読めば、巧妙に使われているところはわかるのですけれども、しかしそういう言葉が出てくるというところは、僕らの時代にはないと思うのですね。

野間　そうですね。

松本　僕もいま杉浦さんと野間さんの説明を聞いたのですけれども、理屈のうえでは納得しますけれども、もっと深刻な問題じゃないかと思うのですよ。

野間　そうです。

松本　身分制度とか社会制度とか、あるいは資本主義という問題以外にもっと、いわゆる精神的な、それからこれは部落民と非部落民のあいだの意識的な、伝統的なものね、これがもっとひどいのじゃないか。それがあるから部落問題ということが部落民の内部で、非常に神経質にならざるを得ないのではないかと思うのですよ。いま吉野さんがおっしゃったように、天皇制をひっくり返してもこれは解放されないということは、ある程度僕もうなずけると思うのですよ。

野間　そう、それだからこそ、文学の力で働きかけられる面が非常にあるんだと思いますね。

二　部落を描いた作品をめぐって

本誌　このあたりで、あらかじめ皆さまにご検討ねがった、熱田猛《あつたたけし》「朝霧の中から」(『新日本文学』一九五七年二、三月号)、吉野壮児「まないた棺」(『文学界』一九五八年四月号)、松本清張『眼の壁』(光文社刊)の三作についてのご意見を出していただく中で、部落問題をどう文学の上で表現してゆくかの問題に入りたいと思います。

最初に、開高さんの「日本三文オペラ」（『文学界』本年一月号より連載）がこれだというわけではないのですけれども、日本の社会の機構に創作のメスをいれていく場合に、一つの限界状況を設定して、描きたい情況全体を浮び上らせるということが、一つの創作の手法として現在多く使われているようです。開高さんは部落の問題を直接には扱っておられませんけれども、ご自分がそういう状況設定をしていく場合に考えられたことに関連して、ここにお集りのかたがたの作品ないしお考えなんかについても疑問ないしご質問もあるだろうと思いますが……。

極限情況の設定と部落

開高　あの小説はいわゆる部落が対象ではなくして、日本の社会の最下層の人間の反応をいろいろととらえてみたいという気持でやり出したわけなんです。ところで、戦前の文学と違った文学上の発想法も、ずいぶん沢山戦後文学の中に入ってきていると思うのですけれども、一つの大きいパターンになっているものに、やはり極限状況といいますか、限界状況といいますか、そういうシチュエーションの中で人間と社会の暗い部分を象徴的にえぐり出そうという形がまずあるわけなんですけれども、いろいろ部落問題を扱った作品を読んでみても、根本的にはだいたい極限状況内での人間の行動反応、そ

〈コラム〉

座談会で検討される小説のうち、入手が困難だと思われるもののあらすじを紹介する。

■吉野壮児「まないた棺」

（「文学界」一九五八年四月号）

ある地方の小学校に通う四人組の男友だち。そのうち「おれ」とゼニハゲ、辰吉の三人は近所の瀬下という村で暮らし、太平は遠くの狸澤という被差別部落で暮らす。太平の欠席が続いたことから、村の三人は狸澤を訪ねる。すると、太平の姉が裸で放置され、兄が姉のために棺桶を作っていた。それは桶ではなく板一枚で、とても棺桶と呼べるようなものではなかった。村で言われていたように鬼が出るわけでもなく、部落の人々が自分らとあまり変わらない暮らしをしているのを三人は知る。だが、部落の貧しさは深刻であった。空腹に耐えかねた太平の別の兄が村で米を盗み、村人にばれた。ゼニハゲの父ら村人が太平の家に対しておこなった仕打ちとは……。

■熱田猛「朝霧の中から」

（「新日本文学」一九五七年二月号・三月号）

被差別部落で肉屋を営む夫婦の長女が、結婚と出産を経て、夫の柳田とは別の男を愛してしまう。自分が部落民であること。夫にうつされた梅毒が娘のひろ子にもうつっていること。部落民でない夫と結婚したために抱えた大きな悩み。苦しみから逃れるため、彼女は死を決意する。そして、愛した男性に宛てた遺書代わりの手紙で、彼女は自分の半生を振り返る。島崎藤村の『破戒』を読んで気づいたこと。周囲の人々を憎んだ学生時代。警察の理不尽な嫌がらせ。捨てばちになって、多くの男性と関係を持った日々。そして、部落民であることを知ったとたん、態度を豹変させた柳田……。学生時代に「かぶんすう」というあだ名を付けられていたまじめな男を弄んだ。結婚後、「かぶんすう」の実家が営む食堂の一室を家族で間借りすることになる。彼女は、二階で暮らす「かぶんすう」と不思議な関係を持つようになり、その関係は愛へと変わっていく。

れをつかまえようという発想法から行われていることが多いのではないかと僕は自分なりに思っているのです。実際に部落問題を作品の中で定着しようと試みられた吉野さんなんかその点どう考えられますか。

吉野　僕のあの作品は確かに極限状況を描いたものです。限界状況を捉えようとする発想法でしかああいう問題は扱えないかというと、そんなことはないと思います。しかし、短い作品に現実を汲み入れようとすると、どうしても極限のところだけを切りとって再構成しなければならなくなる。一方には、限界状況を設定する方法に甘えるなという意識を僕自身持っているのですが、余計な夾雑物《きょうざつぶつ》を入れまいとするとああいう型になってしまいます。それにあの作品はルポルタージュではありませんし、自分自身の立場を明確にするためにエッセンスだけ抽出して書いたのです。それより前に僕は、日本人のことを黒人と白人の間にはさんで昨年「断層」（『文学界』二月号）を書いたことがあるんですけれどそういうような系列の中からもう一度自分のほうに引き戻して考えなければならないのではないかと考えまして、その一つの極として、あの作品を書いたわけです。もう一つの極というのは、たとえば「朝霧の中から」に出てくるのですが、天皇制の問題ということですね。僕は日本の社会を蝕《むしば》んでいるものは、どうも「三文オペラ」に出てくるアパッチ族というものよりも、もっとおそろしく古臭い身分制度に縛られているような、実におろかしい、御話にならないようなそういう意識をもった日本人ではないかと思ったのです。そういうことから出発して、もう一度自分の立場を見直さなければばならない、と思いましてあそこに作品ができたわけです。たとえば、僕自身がいま生きているというような立場は、ああいう限界状況から見ればすごく甘ったれたものに過ぎないのですが、そういうような極を両方に設定しないと、僕自身がどこに生きているか、フワフワしてわからないのです。そういうところからもう一度見直して、明確にしたいという意図でやったに過ぎないのです。たとえば部落の人には、子どものとき疎開していて接触し、そういう子供たちとも一緒に学校に行ったりしたわけです。僕自身が部落民であれば非常に激発されるようなことがあったと思うのですけれども、僕は残念ながらそういうものでないので、爆発しようがないわけです。どうしても僕なんかやると、ブルジョア改良主義というものに陥りやすい危険がある。そういうところが実際の行動としてはむずかしいので、なかなかうまく踏切れないのです。ですから、書くということが一つの行動であるなら、書くというところに走ってしまうわけですね。僕はそういう行為というもの、僕自身の本質の投影としての「書く」という行為を信じますし、その中にもう一度自分を見てゆきたいと思っているのです。

今の日本のように表面的には身分制度がなくなったような社会でありながら、非常に身近にはいろんなつまらないことで差別感や行為が出てくるわけですね。そういうことを、極限のほうからはね返ってくるようなところで自分がもう一度見られるのではないかと考えています。

「まないた棺」

野間　僕は、こんどまたこの三つの作品を全部ずっと読み直したんです。吉野さんの「まないた棺」の意図というものは、あなたがその前に書いた、基地の問題を追求した作品との関連で読んでいった場合に、わかるだろうと思うのですね。極限状況という、いまの文学の一つの方法でありかつ立場であるものがわかります。しかしその立場の根本のところをどっかでしっかり作家というものはつかんでいないと結局通俗小説になってしまい対象の追及を果すことができなくなり、部落にたいする追及をすすめても、意図に反したものになってしまう。その根本をつかまえようという一つの努力としての極限状況の設定、これはただ単なる方法ではなく、戦争というものの体験によって支えられているものでしょう。そういう極限状況の設定が、対象の正しい把握からはなれてゆかれるとかえって安易になってしまう。そこで質問したいのですが、部落があの作品の中にとりあげられているが、以前子ども時代とか、青年時代とかに、近所に部落があったとか、なかったとか、どんな関係があったか、それを知りたいですね。むしろそこに問題があるように思いますね。

吉野　僕があの作品をどうして子どもの世界でしか扱わなかったかというと、僕は青年になってから文章を読むという以外には部落のことをよく知らないのですね。そして子どものときの記憶というものが非常に強いのです。それでその形でしか発想できなかった。それが一番自分に忠実であったのです。文章で知ったということは、それは書こうと思えば、勉強をすれば書けますが、そういうものを書いては嘘だという気持がするのですね。疎開したのは群馬県ですが、ただあのなかの小部分にほんとうの話が使われているだけで、あとは大部分フィクションです。あのような差別は、子どもはなんにも意識しなくてやってしまうので、親が教えるとか、なんとなくどこからか聞いてくるということで行動するわけです。僕自身は疎開児童ですから一種の部落なんですね。なじめないのです。そういうところから、いじめっ子のなかにも加えられないし、さりとていじめられている子どもに組することもできない。非常に中途半端なところに、いつも置かれたわけですね。そういうところにいるよりほかしようがない、指をくわえて見ていたという体験が、あの中に出てきているわけなんです。

野間　なるほどね。

松本　僕はいまの話をきいて、だいたい意図はわかる気がするんですけれども、ただこのごろ流行している極限状況という設定のなかで、たまたまああいう部落問題を扱われたのか、あるいは、はじめから部落問題が頭にあって、必然的にそういう作品になったのか、そのへんを伺いたいのです。

吉野　それはいまお話しした体験的なもののほかに、僕はまえから考えているのですが、日本人というものを、もう一度見直さなければならないということがあったわけです。それで先に基地の小説を書いたのです。基地の中で、日本人はどういうふうにしているかということを書いたので、その系列のうえにのっている作品であるために、部落を単なる材料として扱っているといわれるような結果にしかならなかったかもしれません。

野間 そうすると黒人問題というものから、ずっとすすんで出てきたものでもあるわけですか。

吉野 僕は、白、黒、黄色というような、そういう人種問題と、日本人の内部の部落民問題とこの二つは、ぜんぜん関連がないと思うのです。敗戦後、日本が占領されて、いろんな勢力が、日本のなかに入ってきたのですね。そのなかに置かれた日本人というものと、それから内部に巣くっていた日本人というのは次元の違うところで見られなくてはならない。しかし、その二つの姿の結接点が、どこかで明確にならないと、自分たちの位置がよくわからないのではないかとも思うのです。一番大きいところから掴まえなかったら、わからないのではないかな。ですから、ずっとすすんで出てきたかどうかは別として、必ずしも同じ平面に立っての観方をしていないかもしれません。

限界状況的発想法の限界

開高 ちょっと話が横へそれるようなことになってしまうかもわからないのですが、僕はかなりまえから、限界状況的発想法、限界状況的設定といいますか、そういうようなものにたいへん疑問がある。戦後の一つの新しい発想法というふうに、いまさっき私はいったわけですけれども、表面的に見るといちおう新しいというふうなことになっているのですが、日本の文学観というものの根底には、戦前からずっと破局意識を追いかけているところがあって現実逃避の一つのかっこうの口実になっているような気がするのです。いままでその面についての分析は実にたくさん出てきたのでいまさらなにも新しい見解を加える気にはなれないが、やはり実際の創作面では依然としてどんづまり意識が歓迎されている。戦後の場合はどうなんでしょうか、従来の日本文学のいわゆる深刻趣味と、いま流行の言葉になっている極限状況という発想法が……。

杉浦　そこまで私は考えなかったのですが、開高さんに対するお答えにはなりませんけれども、私の考えでは、極限状況という吉野さんの考えておられるような発想の仕方でいくと、すでに未解放部落という通俗的な既成概念が世間一般にも自分の中にもあって、それにぶつかる。子どものときの部落との接触というものに基いて書かれたといわれておりましたけれども、そういう自分の中の既成の印象で問題を安易に解決されてしまうというようなことになりやすい。そういう点からいって、これはたいへん問題になる小説だと思います。ここに書かれているのは実際、極限状況といっていいのでしょうが、部落のなかでは、僕たちの知っている限りでも、もっとひどいこともあるのですね。吉野さんのあの中にも、片輪がいるということが出てきますけれども、実際には、和歌山《わかやま》県なんかの調査では、なんでも十四、五軒ぐらいしかない部落が山の中にあって、そういうところでは兄妹婚みたいなものが行われて、白っ子みたいなものが生れているという調査も出ているのです。もちろん、これはほんの特別な例ですが。しかしなんと申しますか、われわれが読んで吉野さんのものから感じたことは、まず部落の人たちが憤慨するだろうということなんです。その一つの理由は、あの子どもの太《たい》平《へい》に吉野さんとしては同情を感じて書いておられるということはわかるのですが、書かれたほうの身からいうと、書かれたことが辛いのではないか。しかも極限状況というけれども、ほんとうに極限状況ではないという……。

吉野　僕自身極限状況とは思わないのですよ。たとえばそういう生活ということからいえば、僕は東北の貧農では、もっとすさまじいところがいくらでもあると思うのです。そこで僕は非常に創作をするときに気になったのは、やはり反感を買うとかなんとか、そういうものを怖れるのではなくて、マイナスになったら困るという、そういうことなのです。ですから方言を使うのにも、僕自身が知っている方言のほかに、東北の方言を混ぜてどこだかわからなくしたり、それから中に出てくる、昔ながらのいやらしい言葉もありますけれども、そんなものも書こうと思ったり、書くまいと思ったりして、神経を使って書いたのですけれども、けっきょく僕自身の態度が、あそこに出てくる俺という、一人称の主人公とつながるものであるとすれば、僕はいつまでもブルジョア改良主義的なものを脱しきれないのではないかということを、いまでも気に病んでいるのです。

松本　開高さんがいわれた、日本文学がぎりぎりの線を書くということ、これは戦前も戦後も変わっていないのは、まったくその通りです。ただちがうのは、戦後になると、状況の設定に、社会的なものが非常に強く出てきたのではないかと思うのですね。戦前のほうが心理的というか、内面のぎりぎりの世界というか、たとえば私小説なんかによく出てくるけれども、貧乏で非常に困っているということ、これは社会的環境にはちがいないけれども、内的な生活問題といいますか、社会的視野とはちがうという気がするんです。それでいま、その社会的な環境のなかの、ぎりぎりの状態ということで、たまたま未解放部落の問題が、吉野さんの作品に出たんだろうと思うけれども、たぶん杉浦さんのおっしゃるように、部落の人が読んだら憤慨するだろうというのは、そういう極限の世界の設定を作るときに、たまたまそういうことを引用したからということですか。

日本の底辺にある三つの問題

杉浦　そういうことですね。吉野さんのものを読めば、吉野さんが、部落を侮辱しようとか、そういうことで書かれたとは決して感じないのですけれども、しかし設定されたものが、なにかやはり甘えているところがあるようで、部落の人たちにとってはちょっとやりきれない気持がするだろうということですね。日本の社会のなかでは、部落問題などは、全く一種の極限状況の問題だと私も思うのです。それだからこそ、私たちはこの問題を大事な問題と思っているのです。関東学院の先生の永丘智《ながおかち》郎《ろう》さんなどは、部落問題、ハンセン氏病、朝鮮人の問題、この三つが日本の最低の底辺を作っている問題だといっておられます。本質はぜんぜんちがう問題だけれども。吉野さんのを読むと、極端にいえば、あれがもし、黒人との問題だったとしても成り立つような書かれ方に止まっているのではないか。そこの差をもうちょっとはっきり出せるように書かれなくてはならない気がします。吉野さんのものばかりではなく、一般的に部落を描いている作品というものは、そこの点がはっきりしない。それからもう一つ、私自身も、ずいぶん解放同盟の朝田《あさだ》さんあたりから指摘されているのですけれども、解放同盟をやっている人たち、参加している人たちの感じ方とそうでない人たちのとはちがうのですね、差別というこの感じ方が。部落問題だけでなしにあらゆる点に非常に敏感なのですね。その点は、はっきり学んでもいいような気がしたんです。それはどういうことかというと、私がルポルタージュのなかで、「代用教員上りの村長」ということばをなにげなく使ったのです。そうするとそのことばにピンとくるのですね。代用教員上りだろうと、校長上りだろうといいじゃないか。なぜ代用教員上りで悪いんだということで、ピンときたということをいっていました。そういう点を、われわれとしては文学のなかではっきりさせていかなければならないと思います。私たちのほうが、ずいぶんやはり自分の環境に甘えているようなところがあるような気がしたんです。

それからもう一つは、開高さんが「三文オペラ」で社会的に最低の層の人々を書かれる。これも東《と》京《きょう》の場合はどうかしれませんけれども、関西の場合は、いわゆる反社会的、闇の社会にふれていく場合、当然部落問題と抜きさしならんところで、触れあってくるのですね。そこのところをはっきりつかまえていかないと、小説が書けないような怖れもあるのではないですか。

スラムとインターナショナル

開高　私の場合は、部落問題に衝突するよりも、はじめから予想されたのは朝鮮人問題ですね。日本にいる朝鮮人の人口の四割か五割近くは、大阪に集結しているのではないですか。これはもう、ほんとうに、どうにも抜け道のない世界ですね。ただ、いままで僕の経験したところでは人間もあそこまで追いつめられると日本人も朝鮮人も意識的にはほとんど排他関係が成立しなくなるようなんです。差別感情は生まれない。たとえ生まれたとしても本質的な影響力を持たない。だから、はなはだインターナショナル（笑）なところになっていますよ。僕は彼らを限界状況の住人という設定にもちこまないで、むしろそれとは全然逆にして彼らのエネルギーを描いてみたいと思ってるんです。

野間　あそこは部落の人と同居しているのですか。

開高　ふつうは部落と朝鮮人部落は同居してるようですけれど、私の場合のあれは特殊な事情があって、ちがうのです。

野間　今里《いまさと》のあたりですか……。

開高　城東区《じょうとうく》の京橋《きょうばし》。城東区ですけれども、いわゆる定住所としてできた部落でなくして、砲兵工廠跡の厖大な古鉄をとるためにできたような部落ですからね。そうすると、全国から、いわゆる薄暗い連中が集ってきてワイワイ、ガヤガヤ、ちょっとしたゴールド・ラッシュ気分みたいなところがあって、社会階層として見れば手のつけられぬ最下層なんですけれども、定住者のもつ横の連帯関係が生む、なんというか、粘着力のある沈澱というような感情はあまり見られないようなんです。義理人情という陰湿な規範もありませんしね、苦しいわりには奇妙に乾いてサバサバしていますよ。こんなところは日本でここだけしかないって連中がいってました。

杉浦　京都あたりですと、部落がありまして、その裏が空地になっている。そこへ疎開者とか戦災者ですね、それからいわゆる朝鮮人が集りまして、スラムを作っちゃうのですね。そうすると必ず今度は、そのあいだに反目が生れて、部落の人たちは、ああいう連中が来たから俺たちが軽蔑される、差別されるというし、片方はいくらかボスみたいな金を持ったものもいるのでその連中が、逆に部落の人たちから搾取したり、いろいろしているということがありますしね。それから、部落と朝鮮人の関係なんですが、堺《さかい》の部落に行って、お母さんたちと会って聞いた話では、子どもたちが学校に行く途中に工場がある。そして、そこに朝鮮人が働いている。そうすると窓から覗いて、「ワァーイ朝鮮人」とはやす、すると朝鮮人が、「なんだ、お前たちは部落ではないか、それよりも俺たち朝鮮人のほうがえらいんだぞ」というようなことをいって、むこうが答えるという状況があるらしいのですね。

「朝霧の中から」

開高　野間さんは「朝霧の中から」をどう思われますか。

野間　あれはていねいに読みましたけれども、部落問題というのはとらえられていると思うのですよ。あれはひょっとすると、これは詮索になっちゃうけれども、あなたと呼びかけられているのが作者であって、この小説のモデルになった女の人がいたのではないか、というようなことを感じさせる小説なんです。しかし僕としては、もっともっと部落の人の中へ入ってもらいたいのですよ。部落の実際の人の姿というものはあの逆に近いですね。それに、周囲の人とのギャップというものを、ずいぶんよく書いているけれども、それが意識分裂ということにしてしまっているでしょう。意識分裂というのでは横光利一《よこみつりいち》も意識分裂を書いている。横光利一の方法でやるのもいいけれども、それを部落に通用していくには、さらにもっと進んでもらわなければ困ると思うのです。僕は意識というよりはもっと、欲望の、部落の人たちが動いて行く欲望のようなものですね。そこへ入ってゆかないとちがうと思うのですよ。

開高　欲望といいますと、上昇志向のエネルギーのことですか、部落人たちの。

野間　エネルギーなんだけれども、エネルギーがもっと直接に環境と結びついているようなものですね。たとえばなにが欲しいとか、なにが食べたいとか、なにを直接に求めているかということですよ。その度合が測定されていないように思うのです。あの作品では女主人公が都会に入って、いちおう部落を離れている。しかも実家の肉屋の経営自体が安定して、生活は大丈夫だという、そういう設定がされているのですね。もちろんああいうふうにテーマを設定して、悪いとはいえないのだけれども、あの小説の周辺に、その部落の全体の動きのようなものが、型どおりのような形でしか出てきていないと思うのです。部落の問題の理解という点ではずいぶんいい小説だと思いますが、残念ながら理解だけにとどまっている。

開高　そうですね。僕なんかズブの外部の人間が見るところでは、部落に対する外と内の感情と心理の系列というようなものが、だいたい全部いちおうふれられているような感じがしたんですが……。

杉浦　部落にもいろいろあって、私などは特別、運動している人、あるいは運動のあった部落にいくせいか、むしろ現実は正反対のような気がしましたね。解放運動にもできるだけふれないでいるというぜんぜん動きのない部落というのが中にはあるわけです。そういう部落のなかの意識というような気がしましたね。

開高　それはそうでしょう。個人意識の解放、その個人の悪戦苦闘としてのみ主題がしぼられているようで、あのとらえ方の発想法はもう古いのじゃないかと思うんです。

杉浦　むしろ動いている部落は、多少ああいう気持は残っていても、もっとふっきれたちがうものがあるのです。いまのところ部落の運動はむしろ、内側の方でなしに外に向っていくのがいちばん中心問題になっているといえましょう。しかし実際の部落の内部では、「寝た子を起すな」であらわされるようにもうこれには触れるなというのが、今までだったのですね。それでは困るが、実際はそういうものが中にあって、やはり非常に強いわけですよ。ちょっとした署名一つをとるのでも、部落は一つだからといっても、反対者があって簡単にはいかない。どんなことでも中の部落闘争は激しいのですからね。だからある意味では「朝霧の中から」という小説はむしろそれを裏付けるように読みとれる小説ですね。それに打ち勝って外に出ていくという、あるいは逆にいえば外に向うことで中を踏み越えさしてしまう。その二つの影がこもごも取られているでしょうけれども。

部落問題入門の形

松本　僕もあれを読んで、かなり古い印象を受けたんですね、藤村《とうそん》の「破戒」とあまりちがわないのではないかという印象を受けたんです。身分を隠して結婚するわけですね、これは杉浦さんもおっしゃったように、ぜんぜん意識のない部落の人ですね。それから最後になって、自殺を考えていたのが積極的に生きる決意をして、病気の治療に帰ってゆくんですがあれはちょっと甘い気がしたんですね。もっと強烈なものを期待していたんですけれども。

杉浦　ただ感傷で流したような形になっていますね。

松本　私があれをよんで、いちばんはじめに感じたのは、ラジオの現地録音なんですけれども、あれと同じですね。最初に入るのはああいう形、藤村の「破戒」とか、あの形になるのですね、だから私もあの形が部落問題への入門なのかもしれないと思ったのですね。

野間　部落問題入門だけれども、インフェリオリティ・コンプレックス文学の復習ですね、復習に終るような感じで……。

松本　だからああいう形ではちょっとかなわんでしょう。

杉浦　逆にいうとあれはただ日本の部落の問題だけではなしに、日本の文学を読む人のなかに、インフェリオリティ・コンプレックス文学の愛好者といってはおかしいけれども、さっき開高さんがおっしゃった私小説を愛好するという気持というものが、非常に強くて、それでああいう「朝霧の中から」などを読んで非常に文学的感動を受けるという要素が部落のなかで話に、われわれ外にいる人の問題として非常にあるのではないですか。

開高　あの書き方が、いちばん安定した書き方なのでしょうね。発想法とか技法とか、そういう方向からみていちばん書きやすいのでしょう。あれだと、安心してやれるんですよ。

杉浦　古いですね。古いという感じを私は持ったんですけれども。

「眼の壁」

本誌　松本さんにちょっとお伺いしたいのですけれども、あと書きでちょっとふれられておりますけれども、「眼の壁」のなかに部落を扱われた必然性というものについてはどうでしょうか。

松本　ヒント程度だったけれども、あれにはモデルがあるんですね。それでそれを調べていくと、やはり部落民の問題にうちあたるわけです。それで対象を変えようと思ったのですけれども、なまじ変えるよりも、部落民の実態というものをそのまま出した方がいいのではないか、と思ったのです。これは誤解を受けたら困るのですけれども、犯罪者も相当多いのです。これは貧困とか、それから職業のないというところからきているとかあるいは部落民意識が自暴自棄にさせているということとか、あるいは反逆者意識、そういうところからきているといえばいえるかもしれませんが、それもなんとなく匂わしたのです。けれども、そういう部落意識の問題になると、まったく困るのですね。もともとテーマそのものがそこにあるのではないですからね。それで非常に甘くなっちゃったのですけれども、必然性というと、つまり僕の気持のなかにそういうヒントがあったので、どうしてもそこにいったということですね。

本誌　あのなかで右翼問題とか、いろいろ出てきますね、朝鮮人問題なども。そういう問題全体を、ある側面からえぐり出すというところに入っていかなければ、本格的な推理小説にならないということを考えられて、部落にぶつかっていこうというお考えをもたれたのでしょうか。

松本　そこまでは深刻に考えなかったのですけれども、ただ特徴として、部落民の人が金を持ち、社会的地位などを持ちますと、身分を隠したがるところがあるのですね。そういうところは、朝鮮人だというような仮説にして、身分を隠したんですね。推理小説ですから、いろいろ噛み合わしているところがあるわけですけれども、僕はそれなりに部落民全体のもっている一面を書いたと思うのです。ただ意識の問題となると、それが主題ではなかっただけに非常に甘くなってしまったわけですね。そのための誤解を受けたんですけれども。ウエイトを動機におくと、推理小説の持っている面白さが薄くなってしまう。推理小説そのものの持っている面白さを強調すれば、動機の面が薄れていくし、なかなかむずかしいのですね。

沈滞した底のエネルギー

野間　そうですね。先ほど最初に杉浦さんがいっていたのだけれども、あらゆる差別に対して敏感だということ、その敏感さということは、必ずしもそれが病的に神経過敏ということではなくして、非常に正当な感覚としてあると思うのです。たとえば、さっきの「代用教員上りの村長」にピンとくるという敏感さですね。そういう言葉をなおかつ調べていこうという、言葉に対する敏感さが同時にそこにある。それは必ずしも神経質という、衰弱したエネルギーではなしに、もっとそのエネルギーはつよい健康なものから出てくるものだということがいえるのではないかと思うのです。

本誌　エネルギーという点では、開高さん、例のスラムとくらべてどうでしょうか。

開高　都会のスラム街に住んでいる人間は、いわゆる不特定多数の人間ですから、現在おかれている状況は、極限状況という言葉で表現してもいいのですが、移動脱出できるチャンスがないわけではないですね。ですからいまさっきいったようにいわゆる定住者としての部落の人たちの持っている横の連帯関係が殆どないのです。古いつながりというようなものが根本的にはないわけです。私がいま扱っているところの人たちは、社会からはみ出したりあぶれたものとか、いろんな最下層の人間がやってきて、それぞれてんでんばらばらにいる。猛烈なエネルギーは持っていますけれども、このエネルギーはいまのところは、僕は自分ではいちおうアナーキスト労働者という形で規定しているわけですけれども、その連中の外界志向といいますか、そういういき方をとにかく描いてみたい。極限状況という設定法も僕はよくわかるし、それは発想法としても当然成立することはわかるのですけれども、極限状況で書かれた小説は、最初読んだだけでわかってしまうような気がしてしまうんです。結論はいつでも同じです。障碍物《しょうがいぶつ》にぶつかってそこに発生する苦痛をするどく深く描き出すということだけを目的として、そこからの脱出方法ということは考えない。ほんとうに玉葱の皮を一枚ずつはいでいくようなもので、そのはいでいったあとになにが残るかということは、小説によって教えられなくても、われわれは十分知っているわけですね。いつまでやっていたってこれではしょうがない。そういう発想方法はもう終っているという気がするのです。一つの壁を乗り越えた発想方法を持つ必要があるのではないか。しかしそれには新しいエネルギー源を発見しないと、ダメだ。そして人間を従来のように一個人の内在意識においてのみとらえようとすることももう行き詰っている。僕自身、どうしてその発想源を求めようかということでたいへん四苦八苦していたのですが、たまたまそう連中に出会うことになって、それに触発されて取りあえず、ここからはじめていこうと思いたったわけです。僕自身の気持では、だいたい小説をいちばん素朴な形にかえしてみて、そこで思いきった戯画化とデフォルメをやってみたいと思っているのですけれどもね。

野間　権力はそういう不特定多数のエネルギーを汲み上げて、ファシズムに移行していく、そういうのに非常に似ている。そういう面の危険性はあるんだけれども、面白いですよ、そういう小説は。

開高　ああいうふうなシェルメン・ロマンというかロマン・ピカレスクというか、悪漢小説のようなものはセルヴァンテスの昔からいつの時代でも喜ばれるものなんです。その点僕はちょっと警戒していていわゆる普通のルンペン小説のような風俗小説では終らせないつもりではいます。いわば彼らの模索的エネルギーといったところで、ある方向はそれなりに持っているので理解力はあるのですからね。彼らのその面も描かなければならないということは計画表の中に入っています。根本的にはあくまでも外の世界の現実というものは自分の力で除去し加工し得る、現実はあくまでも素材であるという意識を一本の赤い糸にして書いてみたいと思ってるんです。そういういき方を実際やっているエネルギーをとらえないことには、いつまでたっても皮膚感覚と反射神経だけがたよりの内面逃亡の小説しか生まれないような気がするんです。とても苦しいことですが……。

三　部落問題の求めている表現

本誌　そういう点からいえば、さっき野間さん、杉浦さんのお話しにもでた、部落の人のもっている正しい感覚や力強いエネルギーといったものを汲み上げ表現してゆくことの大事さが痛感されるわけですが、表現に当っては、いろいろ問題があるようですね。

ありのままに描くということ

松本　僕はこのあいだ「眼の壁」を書いてだいぶお叱りを受けたのですが、そのとき初めてわかったことは、部落解放同盟の人が、そういうふうに、臭いものにはふたをしていてもだめだ、どんどん、マスコミなりジャーナリズムによって押し出して、徹底的にやらなければならないというように考えているという説明を聞いて、それはたいへん進歩だと考えたわけです。いままではまったく、ちょっと言葉の端に出たことでもつかまえられてやられたものですよ。そのために恐怖感といいますか、それがずいぶん文学のうえで、部落問題を扱うのに障碍になったと思いますね。

野間　ありますね。それは非常に大きな障碍のひとつだったと思いますね。ジャーナリズムというものが、最近は部落ブームということで扱い始めているけれども、それまではなにかこれを避ける傾向……これを小説、作品にして扱ったら、批評家はうっかり批評できんと避けるか、ジャーナリズムも、うっかりのっけられないと避けるか、もうひとつは、もうこういう問題はないじゃないかというこの三つぐらいで、無関心という状態が成立していたと思うのですよ。

松本　いままではね。

野間　僕は、つまり松本さんがそういう非難を受けられたとすればですね、松本さんのあの「眼の壁」は、推理小説としては非常に新しい、右翼というものに対するひとつの剔抉《てっけつ》というか、そういうものをやろうとされている。松本さんが、社会性を追求し、拡げようとする。そこでむしろ、そういうことをしない作家ならばぶつからない問題にぶつかったわけでしょう。しかし、そこに出てきた姿というものには残念ながら当っていない。当っていないというよりも、やはり侮辱を与えるものだというふうに考えるのですね。

松本　そうなんです。その侮辱の問題なんですね、問題は。僕らが書くときは、僕は差別感なんかもちろんないし、そのために差別的に書いたわけじゃこれはぜんぜんないのです。それは読みとってもらえたわけです。ところが、書いた本人の意識の中に差別観念があるかないか問われないで、書かれた現象によってのみ判断されるわけです。それで悲惨な部落民の状態をありのまま書くことが侮辱になるかどうかということが問題になると思います。たとえば、こういう悲惨な状態ではいけない。それから理屈のうえでは、もちろん人間には差別的な人格はあろうはずはない。こういうことはだれでもわかっていると思うのです。ただ、その不合理を文字のうえに表して、それが侮辱になるとか、差別感を観念的におまえはもっているだろうといわれますけれども、どこの限界でそれが岐《わか》れるかということが、これからも、書くうえにおいて問題になると思うのです。

野間　僕は、遠慮するといけないと思うのですよ。現代の部落の現状がいかに、悲惨かということ、それは徹底的に書かないといけないと思うのですよ。

吉野　しかし実際には、僕なんかも、すごく恐ろしげな手紙をもらいました。どうせおまえの書くことは嘘にちがいないから、そういうことはあり得ない、というように。しかし、僕はもっとほかのスラムを書きたくなってスラムを書く場合には、もっとひどいことが、人間の世の中には行われていると思いますから、平然とそれを書くと思うのです。そういうことで遠慮したくないのですが、実際には悪い影響を与えてはいけないということも大いに考えますので、どこでふん切っていいか書いていて非常に困るわけです。

解放された人間

野間　ただ、つまり小説はいくらフィクションといっても、吉野さんの書いた部落というのは、残念ながら部落の本質をあらわしてないのですね。そこに部落にたいする侮辱があらわれるという結果が出てくる。一回その本当の姿をつきとめて、そういう芯をもってあなたがフィクションで表現するならばいいと思うのですけれども……藤村の「破戒」に出てくる丑松《うしまつ》の顔・肉体は部落のひとのものじゃない。表情だってちがうのですよ。そこのところの問題ですね。一方的に暴力団、右翼につながる極と、もうひとつの極、つまり、日本人の中のあらゆる人間よりも人間らしい人間が部落の中に生れている。つまりブルジョアジーよりもプロレタリアートよりもあるいはコンミュニストよりも、さらに人間的な人間がそこに生まれているということね。もちろんそれはまだ少数です。これは、徹底的にその人たちが封建制と闘ってきたからですよ。この両極がとらえられていく必要があるのじゃないか。それがとらえられて、その上で非合理な面を書いていった場合に、なにかみえてくる面があるのじゃないかと思うのですよ。それはつき合いしているとわかりますがじつに無邪気なものがある。無邪気さというのは最低の場合でも出てきますよね。たとえば、ここに入っていったら、実に呑気で努力はいらんし、裸でいてもいいからという。(笑)　そういうところから出てくる無邪気さがあるけれども、それでなしに封建制とどこまでもたたかったところから出てくる無邪気さ美しさがあるわけです。

開高　解放同盟の運動がその部落の人たちの内面的なわだかまりを開放するのに、実際的にはどういう方法をいまとっているのですか。

杉浦　解放同盟のことは私よく知りませんけれども、ただ和歌山県の今度の勤務評定反対、あれなんかは、ほとんど、半分以上の力は解放同盟だと思いますね。あの辺に行きますと、とくに和歌山県というのは、私の見た限りでは、部落解放の運動の中ではいちばんよくやっているのですが、そこにいる婦人たちは……私が見て、ほんとうに解放された感じですね、和歌山のある部落の婦人会と、三井炭婦労の奥さん。この人たちですね、日本でいちばん解放されているという感じなのは。そういうところまで解放闘争をやった人は前に出ていますね。これはいわゆる、プチブルとかプロレタリアとか言いますが、そうじゃなしにもっと徹底した解放感をもっているように感じます。

スラムとあれのちがうことは、スラムは不特定なんですよ。ところが部落はそこから逃れられないというところが問題なのです。

開高　そうです。

杉浦　それで慎重に扱わなければならない理由があると思うのですよ。部落の人は死ぬまで、どっかに隠れるより以外逃れられないのですからね、そういう点、書く場合に慎重を要するのじゃないかと思うのです。理由としてはそれだけじゃありませんが。

解放運動の特殊性と一般性

松本　ただ、部落解放運動とはどういうことをやっているかという、きわめて素朴な疑問を僕はもっているのですが、いまおっしゃったような勤評反対とか、もっと職場を与えろとかということは解放の一環にはちがいないけれども、それが果して本質かどうかと疑問をもっているのですよ。それだったら一般の、ふつうの闘争とあまり変りがないのじゃないかと思うのです。つまり部落解放同盟の運動方針というのは、野間さんどうなんですか、それ以外に……。

杉浦　今年の解放同盟のあれはちょっと変ってきたのですが……。

本誌　去年の九月にありました部落解放同盟の全国大会の方針書を見ますと、主要なもののひとつは、行政的な問題として国家に保障させてゆくという方向。これは中央に対すると同時に、地方の自治体に対しても、教育の問題とか失業手当の問題とか、住宅改善の問題とか日常具体的なものに結びつけてやってゆく。その他いろいろありますが、もうひとつの特徴は、部落自身に文化的な表現内容を豊かに与えていくということ。サークルとか教育、研究活動が中心です。これは、主として青年、婦人ですね。これを全体的にやっていく。もうひとつは、運動の形態として勤評がよい例ですが、労働組合や、国民の各層の要求などと結合してやらねば部落問題の真の解決はすすまないということを観念的にではなく前面におし出してきていることです。要するに市民的権利の獲得ということが、すべてに一貫していますね。

野間 そのことと、やはり農民問題のひとつとしてみていく面も大事ですね。土地問題が大きな要素ですが、これが戦後農地解放によって変ってきている中で、部落は非常に変っていない面がある、そのところで農民と共同の闘争というものが、どうしたら組めるかということに関連して二つに意見が分れています。つまり封建制というものがまだ非常に残っているという、そういう考え方と、そういうものは少くなったということの二つがあって、まだ統一されないでいるわけなんですよ。そこのところの考え方で非常に全体の方針が変ってくると思うのですけれども。しかし僕なんかは、いまの日本を支配しているものは独占資本だということは当然だけれども、しかしそれと結びついている天皇制というものをもっと考えていかないと、部落の真髄にぶつからないのじゃないかということを考えているのです。闘争方針は、ずっと進んできているのですけれども、文学作品が出てきた場合、なかなかうまく取扱いにくい。解放委員会には文学、芸術がわかる人は非常にいるのですよ。じつに読み尽していますからね、文学作品を。

開高 「朝霧の中から」にはそういう人物が出てきますね。あらゆる文献を読み尽しているもんだからすっかりパターンがわかっちゃっていて、読まない前からペラペラと筋をしゃべって、どうだ、そうだろうというと事実そのとおりであったというのが……。

文化を求めるこころ

野間　文化運動というものを闘争方針の中にあれだけ大きくとりあげているのは解放同盟ひとつですね。政治団体であるかどうかは別として。それほど文化を求める心というものは部落全体にはあるのですね。しかし、そうではあるが具体的に作家というものがどういうものなのかがわかりにくい。なぜかというと、部落出身の作家は戦後初めて四、五人生れてきたにすぎないのです。それは非常に大事な問題なんですけれども。だから作家というものはどういう心理状態であって、創作とはどういうものかということについて最近になってようやくとらえることができてきたと思うんです。ですから最近は批判することは徹底的にするけれども、それだけではかえって作品が生れてこないということを、みな考えてきて、いっしょにとにかく進んでいこうというところまで来ているわけですね。

松本　内に向っては、なにかそういう文化運動というもので分りますけれども、外に向ってはどうですか。

本誌、その点は現在、部落解放運動の中に積極的に出ていると思います。部落問題を広く国民運動のなかに組込み発展させるには、どうしても当然その実態を国民に知らせなければならない。あらゆる機会をとらえ、新聞、ラジオ、テレビ、映画、雑誌に一々考慮を払わなければならない。資料を提供して、マスコミのもつ影響力を部落解放に役立てたいというように積極的です。

杉浦 私なんか初めにだいぶ批判されたほうですけれども、やはり部落の中に入って感じたことはたしかに野間さんがいわれたように、非常に文化的なものを求めているのじゃないかということがひとつですね。それから、松本さんが前にいわれた意識の問題ですね。これが非常に大事だということです。全国婦人集会というのに出たのですけれども、先ほどのべたようないかにも解放された娘さんたちがいるのですね。ところがその娘さんが最後にいうには、自分はいままで部落出身ということは隠していたが、運動をやっているうちに、隠すのは無意味だと思って、だれに会っても自分は部落の出身だということを言ってきたというのです。ところが高野山《こうやさん》で集会があって、友だちといっしょに歌をうたいながら行くと、向うからやってきたぜんぜん知らないおばあさんが「どこへ行くのか」と聞くので「高野山だ」といったら、「お詣りですか」と言われたというのですよ。そうしたらそのときに、部落婦人集会という言葉がどうしても出てこない。「はい、お詣りです」といってしまった。素晴らしい活動家だと思える娘がそういうのですよ。いかに長いこと差別されたかということをこの話は物語っていると思うのです。それを解放する力は社会の力でありますけれども、文化面での力もどうしても欠くことのできないものだと思うのです。

吉野 たとえば、野間さんの作品の「青年の環」の中に出てくる島崎という人物なんか極めて立派な人物なんですね。みんながそうなってくれることは望ましいのですが、僕は、百五十万人（昭和十年、厚生省調査の数字にもとづいて算定したもの。井上清《いのうえきよし》、北原泰《きたはらやすし》著『部落の歴史』三一新書、参照。一方、全国に散らばったものを含めて三百万ともいわれている。――編集部）余もいる部落の人の中で、ああいう人物が何人いるかということは非常に疑問だと思います。まず僕は、非常に文化面に力を入れなければならないと思います。宗教の問題にしてもそうですが、仏教というものが人間の社会生活に入り込んできて、殺生というようなみんながいやがるものを部落の人たちは押しつけられた。みんながいやがるし、土地もないので、仕方がないから賤業といわれるものをやり始めたということがあり、しかも一方では本願寺にお詣りする。浄土真宗を求める、そういうところに矛盾があるのですね。宗教を求めなければならないというやむにやまれぬものが目覚めた自我と宗教的絶対者との相剋から生まれ出ていないような気がする。いままでの日本の部落の歴史の中ではそういうことがなかったのじゃないか。極めて自我が薄いのじゃないかと思うのですよ。あるものはおそらく他力本願で、来世において救われよう。この世の中では救われないからと非常に単純な他力本願というか諦念《ていねん》を持っている。僕は、そういう意識をぶちこわすということから始めなくてはならないと思います。外から手を差しのべても真ん中のほうでずっと固まりすぎていますね。内からはね上るものの力と、外からの手がうまく結びつかないとだめだと思うのですよ。それには野間さんがお書きになったような人間関係ができて、初めてできることじゃないかと思うのですが。

野間　僕の小説のことは、おいて、他力本願ではないやり方のひとつとして、差別行為に対する徹底的糾弾運動というものが部落全員を起たしてきたと思います。自発性を出してやるというその出し方のひとつとして、部落のいちばん底にあるエネルギーを結集させてゆく。部落の中にあるエネルギーというものは非常に大きなエネルギーで、一方はヒロポンをうったりそういう方向にいく。あるものは暴力団として動く。そういう方向ですね。しかし一方、いわゆる解放闘争という糾弾運動をやるということになると、それも全部集って相手を倒していくようなエネルギーなんですよ。だから、必ずしも他力本願とは言えないのですね。ただしその糾弾運動のあの年代は、大正十一年から三年ぐらいのあいだで、それでいてひとつの効果をあげたけれども、今度はその自発生そのものが、ほんとうの意味の自覚に達するには、さらに向うへつきぬけてゆかなければならないということになったのです。

同情でもかまわないか

杉浦　日本の運動の中で孤立してしまいますからね。いわゆる口で言われた差別とか、それだけを徹底的にやっているだけでは、今度の方針にもあるようにあらゆる力、解放に利益する力を全部集めることはできない。野間さんの小説の人物のような立派な人間になる。これは、部落全体に要求することはほとんど不可能ですし、またたいへんなことだと思うのですよ。同情、というと優者のもつ感情だから非常に怪しからんといって怒られることもありますが、幅広くやっていくためには同情でもかまわないんだ、それだけの関心をもつだけでも結構じゃないかという考え方をしているところもあるのです。私の歩いた中でも上から見てくれる範囲でもいいから、どんどん書いて広めてもらいたいという考えをもっている人もいます。これは、いまのところ運動方針にはなっていませんが……。

松本　その同情でこのあいだ問題が起ったんですけれども……同情ではいけないといわれると、ほんとうに部落問題を扱った小説を書けるのは部落出身者だけで、非部落出身者が書いたものはヒューマニズムとかなんとか云っても、結局同情だというふうにとられそうな気がするのですよ。一段高いところからわれわれを書いてくれたということですね。そこのところに、部落問題を小説に書く壁のようなものを感じるのですがね。

杉浦　ある意味で作家というものは、全体を見渡しながら書かなければならない立場に立たされるから、そういわれるようなこともある程度まぬがれないと思いますね。中には、部落の中にすっかり入りきれる人もいると思いますが。ですから、たとえば外部の人が部落の中に入って、その生活を何ヵ月かいっしょにするということをやっても、これは一種の探訪者だ、材料をとるためだ、決して同化しているのじゃないというふうにとられる可能性はありますね。野間さん、そういうふうに見られたことはないですか。

松本　野間さんはいま部落解放同盟の中央委員をなさっているでしょう。そのきっかけにはなにかあったのですか。

野間 それは僕が戦前からいっしょに運動してきたからですよ。

松本 同盟の人からちょっと聞いたのですが、野間さんも誤りを犯したことがあったとか（笑）……詳しくは聞きませんが。だから誤りを犯したことがきっかけとなって、非常にそれに関心をもって、いわゆる洗脳されるというか、そうなるのはいいことですね、きっかけには。

野間 そうですよ、文学というものは、誤りを直して進むものだと思うのですよ。この要素というものは非常に大きいですね。

松本 ただその誤りが問題で、その場合に部落側の主張による誤りというものが、ただあるがままの状態を、あるがままにリアルに書いていくと、それがただちに侮辱にとられそうだということ、そこに限界といいますか壁を感じるわけです。さっき野間さんが、一度部落の問題と取り組んで、それからフィクションなりデフォルメすることがほんとうの姿とおっしゃったのですが、そうすると、取り組むということは、具体的にいってどこまで……。

野間 むずかしい問題ですね。僕自身にもそういう経験があるんです。映画にするという目標もあって、小説を書くために琵琶湖《びわこ》の東岸を南から北にかけてずっと調査に行ったのですよ。それで帰ってきて主人公をかつぎやの娘にして、だいたいこういう内容を書こうと同盟の人に検討してもらったとき、そんな解決はちがうのではないかと、いろいろの意見が出てきてとうとう書けないでしまった。

松本 だからね、さっき杉浦さんもおっしゃったように神経質、神経質というとおかしいけれども、ちょっと過敏になられると、この部落問題を扱う文学というものはのびのびと出ないのじゃないか。だから、ある程度の振幅は許してもらいたいという気がするのですね。

杉浦　おれたちをエサにして、好きな金もうけをするな、という気持は非常に強いのですね。金もうけはしてもいいけれども、その場合はわれわれの運動のために骨おってくれればまだしも、おれたちを題材にして、しかもそれが、全体に悪い影響を及ぼすようなものだったらかなわない、という気持が強いのじゃないでしょうか。

松本　いま部落ブームだからなんでもかんでも部落を書きたてるといってだいぶ憤慨していますけれどもね。

批評の仕方、受入れ方

杉浦　私なんかは野間さんとちがって部落問題にタッチしてから三年か四年ですけれども、最初に行ったときといまと比べると、まったく寛容になりましたね。最初はちょっとね、ほんとうに、これは逃げ出そうと思ったくらいですよ。（笑）　いまはそうじゃありません。むしろ作品は作ってくれ、そのかわり批判は手厳しくやるから、そのつもりでいてくれということですね。前だったら、松本さんでも、いまのような批判の程度ではなかったと思うのですよ。その点は長いあいだ、お互いに失敗したり成功したりする中で、解放同盟のほうがそこまで進んできたのじゃないか。そういう意味でも、エサにするとか、面白いから題材に使っていくという態度でなければ、作家の側でも、もう少し大胆になっていいと思います。

もし批判があるなら、作家の方も批判をよく聞いてゆくという関係ができてゆけばいいと思いますね。私などは、なにかやれば必ず批判を受ける。いま何も書いていませんけれども。だからそういう点では、あまり気にしないでやるつもりですよ。最初に批判された時の印象がありますから、多少臆病になる点はありますがね。

松本　その批評が冷静な批判ならいいけれども、とにかく激昂されて、叱られる怖れがあるのですね。だから文化活動のその面の幅を、なにかもう少し、ひろげてもらいたいと思います。つまり上のほうは相当理解してくれているのです。部落の一般の人たちはそこまでいっていないと思うのです。

杉浦　下にいくほど差別されていることが強いですからね。殊に関西の方の差別というものは、恐らくわれわれがやられたら骨身にしみるだろうと思われるくらい陰険で深くて……。

野間　あるひとつの文学作品がひとに多く読まれれば読まれるほど、それによって部落の人が、すぐそこに連想的に結びつけられるだろうという心配がある……。

杉浦　そういう心配をもたなければならないというのが、事実、現状だと思うのですよ。これは、東京で考えたのとはまったくちがいますね。東京で私などもじつは、ぜんぜんそんなひどいものだということは知らなかったのです。行ってみてそれはもう……やはりこれだったら骨身にしみるだろうと思いましたね。だから、まあ面白半分でもないけれども、ちょっと面白いから小説にとらえるとか使われるというふうなものは、まったくふざけているという感じがするでしょうね。それだけは私にもわかりますね。ただそれで、文学の問題として済むものかどうかという点で、いま松本さんが云われたことも、これから当然いっしょにやっていくためには出てくるのじゃないかと思うのですがね。

本誌　批判を受けたということを契機に、先ほどお話があったように、関心が深まったというようなことで、今後やはり部落問題なんかについて創作の中で追求していくようなお気持というようなものはおありでしょうか。

松本　それはあります。だけれども野間さんでさえ、そういうような、多少躊躇を感ずるというようなことですから……。

野間　もう大丈夫ですよ（笑）　やはり文学作品、芸術作品というのは、完璧なものだと一般には思われがちだけれども、そうでなくして、ほとんど傷だらけの作品ばかりなんですね。

松本　推理小説の根本は、先ほど出た醜悪なところというか、いちばん極限にあるものを描かなければだめですからね。それでそこだけをもって切り出されて、批判されるのは困るということがありますね。

杉浦　松本さんのところにきた批判は具体的にどういうことですか。

松本　それは一番いけなかったことは、場所と名前です。こちらは偶然なんですが、これは調べて書いたのだということになって、まず第一番に心証を悪くしたんですね。それがまず非常に刺戟したらしい。そして犯罪者が非常に多いということが強調されて書かれているとか、それから、これは救いがないということ、つまり部落民がこういう犯罪者であって、なんら発展性がないのではないかということを強調しているというので非難されたのです。

作家の責任

杉浦　それと、とくに凶悪犯罪、つまり硫酸に入れて殺すという凶悪なあれを取り上げている。部落というみんなの印象の中にある通俗的な概念と一致する形で書かれている、というところがいちばん問題にされたのではないかと思いますね。

松本　そういうところは偶然にそういうふうになったわけで、推理小説であるから、すこし刺戟的にしたわけで、まったくこちらではそういう意識はなかったのですけれどもね。

野間　あの小説とは別になりますが、凶悪ということを使って、そういうことにおちていくということを書いたとしても、なぜそういうふうにおちていったか、ということがほんとうに書かれていれば、その書き方はいいと思うのです。たとえばドライザーの「アメリカの悲劇」なんかも、あれは部落問題ではないけれども、そういうものです。創作の方法についてまでも、ああではいけない、こうでもいけないとしばるのは、いけないことだと思うのですよ。もっといろんな試みをしていいのですね。ただしかしその方法を用いるかぎり、今度はやはり作家の方で責任をもたなければならないのではないか。

松本 それはまったくそのとおりですね。ただその方法のことで、部落解放同盟の方の批判が、極端にいうと、全体のなかの小部分を小さく切り取って批判するというやり方ではちょっと困るわけですね。そういうことがあるから、方法で大胆になれといわれてもこれから書いていく上で、まだ逡巡するわけですね。

野間 犯罪者に追いこまれ、あるいは追いこまれるまでにさせられているものが持っているエネルギーというもの、それらはよくスタンダールが使っていたりするけれども、日本は、警察国家であって、一寸したことで、犯罪者におとしいれられるというそういう面ですね。特に部落の場合、そういう傾向がずいぶん多いと思うのですけれども、そういう点を考えていただいて松本さんがこれから部落の問題で推理小説を大いに書いて欲しいと思います。

松本 推理小説ではちょっと困りますね。

野間 無理ではないと思いますが。

開高 しかし、推理小説として書くのならば、動機は推理小説のための、ストーリーのためのキーポイントとして心理的リアリティーを与えるだけにとどまってきますから、推理小説として書くのはちょっとむずかしいのではないでしょうか。

松本 ただ動機の問題が心理的問題でなくして、環境のためにどうしてもそこに行ったということであれば、これはまたできるかもしれませんね。

本誌 それではこの辺で、――ありがとうございました。

部落の娘

岩野泡鳴《いわのほうめい》

一

東京というところへ行きさえすれば、自分のこの悲しい境遇を免れることができると思ったばかりに、高子《たかこ》は決心して七条《しちじょう》停車場へ出かけたのである。さて、停車場へ来て見ると、どういう手続きをしたらいいのかわからなかった。ただ多くの人がどやどやしているのにまず気がのぼせてしまって、切符とかいう物をどこでいくら出して買えばいいのかにまご付いた。

広い建て物だけれども、その高い天井が自分を押し付けるようで――聴き慣れないいろんな声のために自分の耳が何となく遠くなった。そしてぼんやりと行き来の人々の間に突っ立っていたが、やがてまたいつもの情《なさけ》ないそして恐ろしいことを思い出したのである、――

「もしこの中にわたいの顔を知ってる人がおしたら！」

その顔がその場に青くなったと思うと同時に、からだ中がぞっと身振いをした。それを知らない人々にも見られたくないので、ちょっと自分で自分の気を引き立てて、それとなく場所の隅の方へ足を運んだ。そしてそこから見ていると、自分と同じようにひさし髪を結ってる人や、同じように牡丹色の帯を締めてる人も、見っともないほど気をあせらせて、他の男や女同様に、ちょうど自分と反対のがわに付いてる窓へ行って、入れかわり、立ちかわり、何かを買ってる。それが切符なのであろうが、自分はいくら出せばそれを買えるのかわからなかった。その窓の上の方にかかってる大きな額《がく》のようなものをあお向いて見ているおぢいさんの人もあるので、それが値段書きでもあろうかと考えたけれども、そこへ進んで行くのさえ気が引けて、自分は時間をすごしていた。

そのうちに人々は大抵狭い入り口から小さい札のような物を切って貰って、奥の方へ入って行った。残ってるものは僅かになった。すると、自分のようにけばけばしたなりをしている者は一層人の注意を引くように思われて、なおさらのぼせて来た顔をちょっとそばの壁へ向けた。そしてそこにかけてある何か書いた物を見ているふりをして、自分で自分の気を休めた。が、「鉄道」とか、「上り」、「下り」とか、その他にまた大きな字だけは目に入ったけれども、沢山の小さな文字や数字らしいのは今の自分にはただごちゃごちゃとして、何のことだか読めなかった。

不思議にも、その読めない額面の真ん中に、自分よりも二つ三つ年うえかと思われる男が浮んでいた。これも鉄道に関係ある人らしく、特別な帽子に洋服を着て、左の腕には赤い幅ひろの何かのしるしを巻いてる。通弁《つうべん》さんとでもいうのか、――別に年寄りや田舎ものくさい人の世話も親切に焼いている外にも――西洋人が来ると、一々、その世話をしてやる。ここへ来て初めて見たのだが、それが何となくなつかしかった。日本人と西洋人とが違っているように、一般の京都人と自分らともまた違ってる。そして西洋人が嫌われるように、自分らもまたそうだ。それにもかかわらず、西洋人に親切な人だから、自分らにも親切にしてくれるだろう。ああいう人ばかりがこの世にいてくれるなら、自分もわざわざ東京などへ逃げて行くには及ばないのだが――。

ぎゅうぎゅうという靴の音がして来たので、その方へふり向くと、さながら自分が待ち受けてでもいたように、その人がやっぱり親切そうな笑みを帯びながらこちらへ近づいた。にわかにまた自分の顔が赤くなったようだ。たった今、自分のうっとりと想像していたことでやっと少しばかり心が落付いてたところであったのに。

「あんたはどこへお行きですか?」

「東京へ行きとおすのどすけれど――」ちょっとどぎまぎしたあとで、とにかく、こう答えることができた。それから、すぐ心を定めてはっきりと問いに進んだ、「どないしましたら、行けまひょうか?」

「あすこで」と、その人は腕にしるしのある方の手をさし延ばして、さきに皆の集った窓を返り見てからまたこちらをしげしげと見ながら、「切符をお買いになれば行けますが――」

「……」こちらには向うのうるみ多い目がこちらの腹の中までも見ぬくようで、おそろしくも見えたが、なおその親切そうな口ぶりにたよって、その切符を買って貰おうかという気になった。

「東京には」と、向うは言葉をつづけた、「ご親類でもおありなのですか?」

「……」親類! こんな関係やこれを知ってるもの等《ら》のいないところへ放たれたいのであるから、この言葉を聴くさえもいやであった。それを努めて見ぬかれないようにからだを堅くして、「おへんのどすけれど――」

「では、お知り合いでも――?」

「なにも――」えがおを見せていたいのだが、それが自由に出ない。答えはほんとうのことで、決してうそではないが、もし実際には何かの関係が東京にあったとしても、やっぱり、こちらは同じ答えをするのであった。それほど自分の血すじと周囲と世間のうわさとが恨めしかった。それほど、自分は父の種を母が宿してくれなかったらよかった。

「それでは、――少し立ち入ってお聴きするようですが、あんたは一体何のためにお行きになるおつもりです?」

「……」こちらは向うをその年の割りに優しそうだと見たのに、その問いが案外に人のお腹《なか》をえぐるようなことに受け取れた。赤くなってた顔がまた真っ青に変わったかと思われるほど、自分は自分の心を引き締めて、この人にもやっぱりうかうか物はいえないぞと警戒しながら、それでもまだ訴えるような気持ちでその人の顔を見つめていた。

「立ち入ってお聴きするのはいかにも失礼ではありますが、お見受けしたところ、何かわけがおありのようですし、今伺えばまた別にお知り合いもなくこの地をお立ちですので、あんたのおためをおもいて、間違いのないようにお尋ねするのですが――?」

「……」そう事をわけて男らしくいわれたので、こちらも何とか返事をしないではいられなくなった。ちょうど、おない年ぐらいの兄さんが朝鮮《ちょうせん》へこれも逃げて行って靴屋になっているのを思い出してだ。

もし自分が当り前の家の娘であったら、きっとすぐあまえた涙をこぼしていたであろうと思われるほどの素直さで、「ちっと悲しいことがおして――。」

「そんなら、なおご注意してあげたいことがあります。まぁ、こちらへお出《い》でになったらどうです」といって、その兄さんとおない年はこちらを一、二等待ち合い室と書いてあるところへ案内した。

「……」こちらは親の血を分けた兄の外には若い男からこうして話しかけられることがなかった。そしてそれも、もう今から二、三年前までのことであって、兄が朝鮮へ行ってからは、今が初めてだ。嬉しいような恥かしいような気もして、しかしそれにまたこの人も自分らの仲間以外の人だからというふるえるような警戒心が加わっいた。

「まぁ、おかけなさい。」向うも少し声がふるえていたが、角のある大テーブルの長いがわに面して置いてある長椅子の背に奥の方で右の手をささえて、こちらに頼母《たのも》しさを与えるだけの礼儀をもって、

「そうしたらわたしもかけますから。」

「へい。」こちらは改まってお辞儀をした。そして再び向うと顔を見合わせた時には、何をいい出されるのだろうとおそろしかった。それが遠慮しているのだと見えたかして。

「では、このままでお話しいたしますが」と断わって、名刺をこちらに渡してから、「実は、わたくしはそれに書いてあります通りここの案内掛りで――」

「……」いかにも、よく見ると、赤いしるしにも「鉄道案内」と書いてあった。

「すべてのお客さんをお世話してあげております。もしお言葉通り東京行きの切符をお買いですなら、いつでも買うておあげいたしますが、別に当てもなしに、ただ悲しいことがあるためのご旅行なら、危険ですよ。東京というところは、ご存じないのでは京都と同じように呑気なところと思われましょうが、すりが多く、また朦朧《もうろう》車夫と云って、方角のわからぬ女と見れば、怪しいところへ引き込んでしまう車屋も沢山おります。それに、いろいろ悪いことをするものがあって——ことに、あなたのような身なりも綺麗な御婦人で、頼るところもないと見れば、どんなことをされるかわかりません。わたくしが申し上げたいのはそれで——もし大してご必要もないのなら、思いとまる方がよろしゅうございましょう。またどうしてもお行きになるなら、誰れかお付き人をつけて行くのが安全でしょう。」

「さよどす、な。」こちらはぼうっとのぼせていた。自分が何も知らないで人の真似をして見ようとしたのをきまり悪かったためでもあるが、また一つには、いつのまにか、自分も同じ椅子の背に手前の方でつかまって、その左の手のひらを堅い木にこすりつけていたのが、何だか向うから伝わって来るあたたか味《み》をおおぴらにうけ楽しんでたように思われたからである。それに気が付くと、すぐその手を放して、自分の胸のところへ持って行った。この時、反対の手にはひわ色の絹張りこうもり傘があった。お金の外に持ち物はただこればかりで——秋とはいえど、まだ日中にはこれが必要であった。

「今一度お母《か》ぁさんなり、お父さんなりにご相談なさったらどうです?」

「お父さんはをりまへんのどす」と、つい、いらないことをいってしまった。不断から、父の死と共に父の血縁も切れたといいたい、いいたいと思っていたのだ。

「では、お母ぁさんに相談なさってご覧なさい。」

「さよどす、な。」少しらくな気ぶんで微笑も浮んで来た。そして言葉もはっきりとなって、「別に、きょうに限って行かねばならんわけでもおへんさかい。」行けたら行くと、一度は、もう、別れを告げて来たのだけれども、今のようなことを聴かされて見ると、この地で考えてたような容易なものではなかった。自分らの仲間のむかし話には、あるさむらいが門の前を通ったのを部落の人が無理に連れ込んで、一ヶ年もそとへ出さず、そのあいだにそこの娘に人間並の種を宿さしめたとある。それだから、自分もをその反対に人間の手ごめに会うほどのことは覚悟の前である。女子大学とやらへ入っていて男を見つけるとすぐ、卒業などのことは——どうせ目的でなかったのだから——棄ててしまったものもある。つまり、正しい子だねさえ得て来れば、それで望みを達しられるのだが、せっかく得たその種が悪人やどろ棒のであったら、やっぱりなんにもならぬのである。

「そうして、もしなおおわかりにならんことがありましたら、またいつにてもわたくしがご相談相手になってあげましょう」と、向うのいうことはその目つき、えがおによく釣り合って、まんざらうそでもないようであった。

「……」こんな人がこの地にもまだ沢山いるなら、わざわざ東京三界までもそれを求めに行くには及ばないあるが——。

この時、二、三名の客が一緒に入って来たので、自分のくねらせていたからだが急にまたきっとなった。習慣として、人が自分のそばに来れば、まず自分を知ってる人ではないかと心配するのだ。が、そうではなかったので、安心はしたものの、それっ切りなつかしい言葉を聴くことはできなかった。

「わたくしの住所は」と、むこうも言葉が改まって、「名刺に書いてありますから。」

「ほしたら、都合によりましてまたお伺いいたしますかも知れまへん」と答えて、自分は名残り惜しく別れを告げた。

誰れか知ってる人が来はしないかと左右を返り見ながら、顔をこうもり傘に隠して、烏丸《からすま》通りを停車場から離れて行くと、お昼近くだけれども、自分と同じく世間にうそをいってるような秋の日の光がことに寂しくしみじみとからだ中に感じられた。そして自分は今の人に呼びとめられながらも、罪深いために、鴨川の水のようにうす暗く透きとおった地獄の底へとめどもなく落ちて行くのが見えた。

二

「悪い因縁にからまって」と思いながら、烏丸を七条通りに出て、その角から東本願寺を拝んだけれども、心の明るくならないのはいつもの通りであった。地獄の七条の通りだ。その底を東に向って行くと、そのどん詰りには高瀬川《たかせがわ》や鴨川《かもがわ》を越えて東山《ひがしやま》が見える。

「蒲団着て寝たる姿」とあるのを思い出しても、浮き世の人が羨ましい。自分のかど口からいつも見る、あのひら底の高瀬舟になってもいいから、その血縁につなぐ綱がぷっつり切れて、ここまであがって来た船体を、早く逆に野を過ぎ、海を越えて、いっそのこと、今しがた見たような西洋人の国へでも流し運んでくれたらよかった。

ことしもまたすがれが見えて来た柳並木の川まで来ると、幅二間ばかりの板橋だが、これを渡るのがこの七条通り全体をでも渡り返すようにつらい。それを渡ってから、川に添って下ると、すぐ自分の家だけれども、きょう、一たび決心して見棄てた家へ二時間とたたぬうちにまた入るのが、一段とつらかった。有名になどならないでもいいのに、悪い意味で有名になってるところの柳原《やなぎはら》という部落にあるからである。

ひそかにこちらも見知ってる一人の船頭が、長い綱を引いて一方の肩にかけ、ちから一杯にからだをかた向けて、川ぷちをあがって行くところであった。が、こちらの不断よりも着飾ってる黒地に赤縞のお召《めし》、から草に鳳凰《ほうおう》を出した牡丹色繻珍《ぼたんいろしゅちん》の丸帯なる、よそ行き姿を見ると、それとなく冷かしの挨拶でもするつもりでか、にわかにこちらへ当て付けのような歌を歌い出した。

「むすめ島田　に

ちょうちょう　が　とまる、

とまる　はず　だよ

花だもの！」

「……」こちらは今島田を結っていないけれども、そしてその船頭はちょうちょうのように優しい人ではないけれども、貧乏なそして乱暴そうな男の声を聴くだけでも恐ろしかったので、それをちょこちょこ走りに行き違ってしまった。つい、二、三日前の思い出が浮んだからである。

自分は母の代りに古着をしょって、ある皮剥ぎの家へあきないに行った。すると、そこの常からいやらしいことをいう主人がわずか一円六十五銭の物をきっちり一円に負けろといった。五十銭までにしますと答えたけれども、なかなか買わなかった。そしてちょうど誰れもほかにいなかったのをしおに、こちらを押し伏せて怪しいことをしようとした。その場はやっと免れたけれども、いかにも失礼なことには、「穢多《えた》のくせに、生意気や」と一《ひ》と言《こと》、おのれがおのれを罵るようなことをいった。

「……」こちらはむしろどちらが多く卑しい血を受けてるのか、考えて見ろと答えてやりたかった。が、あんな向う見ずの人だから、またあとの祟りがこわいので、相手にしないで引き上げた。

そのこともしかしにわかに東京へ行きたくなった一つのわけ合いだが、――一間のこまかい出格子《でごうし》窓《まど》につづく、これも格子のくぐり戸を明けた時には、二時間または一時間半前までは母と共に住み慣れてた家だけれども、何だか自分の家に帰った気はしなかった。

「どなたどす」という母の声が、おもてから真っすぐに通った土間の奥から聴えた。流しもとでちゃらちゃらと茶碗を洗ってる音がするのを見ると、今おひるご飯をすませたところらしい。こちらが帰って来たとは知るまいから、よそよそしい言葉振りであったのは不思議でも何でもないが、いっそのこと、その通り母が自分の他人であってくれたらという気が自分に動いていた。また、たとえ母が児《こ》を産むにしても、亡くなられた父のような物を養子にしないでもよかったものを！

「わたい」と、返事のおもてでは優しくした。

「どないおしやした？」

「……」こちらは、もう答えはしなかった。中のさる戸を明けて母のそばへ行くのも臆劫《おっくう》であった。くつぬぎをおもて六畳へあがったが、そこに積んである赤や黄いろの反物や古着の荷を見るのもまたいやであった。

「赤い切れを見れば穢多村だと思え」と云われるほど、なんで皆赤なら赤、黄なら黄ばかりの原色を好きなのであろう？　自分はそう云う色を見るだけてもけがらわしいように思いながら、中の茶の間へとおった。

かみがた風《ふう》の家は、中の間がおもて窓からか、裏の縁がわの方からかでなければ日光を取れないので、いつもうす暗いのだけれども、きょうはまた一層暗く見えた、いつも母を主人としてさし向いに座わる長火鉢のそばの場所とは違って離れてるところに、お仏壇の前近く、ぺったりと腰をおろした。

やがて母は、洗った物を、流しもとにつづいて壁のおもてに押しつけてある戸棚へしまってから、あがり口の板の間と奥のふすまとで角を成してるところに近い火鉢わきの主人の座に着くと、すぐこちらのもじもじしているのを見やって、「なんでそないなとこに座わってやはるんどす？」近く進んで来いという意味らしかった。

「……」こちらは足も労《つか》れていたが、気づかれもしていた。その上、母に産んで貰ったことを心ですねながら、悲しいような、——そして泣きたいようであった。これまでにもこんな感じが出ないでもなかったようだが、——そして身うちのものは、亡き父をでも、また一緒にいる母をでも、一切慕わしくもなつかしくもなかった。それが——どうしたものか、きょうに限って——停車場へ行って来てから、ことに甚《はなは》だしく情けないように感じられた。自分のからたがお白いのように融けて、朝の顔を洗う水に流れて、おしまいには、そのにおいと共に消えて行ってくれればよかった。こんな機縁には二度と再び生れて来たくはない。自分の身をも心をも通り抜けた、ずっと、またずっと深い底の底から、停車場で逢った人と同じ年輩の兄さんばかりが、毛だ物の皮のにおいの全く取れた別人として、今は不思議にも自分の目の前に恋しく浮んで来た。物憂《ものう》く、ぐったりとして、自分で自分の置きどころがないようなからだを、畳に左の手を突いてささえて見たけれども、ほとんど手ごたえがなかった。自分は、もう、ここにはいたくなかった。けれども、また、どこへも行きたくもなかった。ただ自分の声を何か外の物からでも出る響きかと感じながらそれでも「鉄道の掛りの人に」といったのには自分の心に滲《し》みとおる親しみをおぼえて、「問うて見ましたら東京へもうかうか行けまへん。」

「どうしてや？」

「悪いものが多いそうやで。」

「広いいう東京でもわてらをむごういじめるんどすかい、な？」

「……」ぎょっとしたことには、何でもないことをも母は自分らのことへ持って行くのであった。こちらは少しむっとして、「そないなことおへん！　泥棒や悪い車夫がおって、不慣れなものをだましやはるんどす。」

「ほ！　そら困った、なぁ。」こちらを哀れんでくれるような顔つきをしたが、さほどありがくもなかった。母は言葉をつづけて、「せっかく、わてらが儲けて溜めたお金を取られてはしょうがおへん。」

「わたい、行きとうない！」こちらは自分でいい出したことを人から押し付けられてたことのように断わって、かしげた肩のゆすりに駄々をこねて見せた。

その駄々のわけは停車場できょうの人を見たこととにあったが、それが、しんみりと意識できると同時に、朝鮮の兄がどうしているだろうとしきりに思われた。

この時、ちょうど、人が来たので、母はおもて六畳の方へ出て行った。すると、もうこちらへは毛だ物くさいにおいがして来たようで、すぐそのお客さんは井戸のつるべのことをつぶれとしかいえない連中の一人であることがわかった。それだけおのれからおのれの賤《いや》しいことを見せるのだのに、なんでかれ等は赤や黄の木綿を好いたり、つるべをつぶれなどいったりするのだろう？　こちらはかれらとは幸いにも、育ちや学校が違ってた。ともかくも、高等女学校を三年までは一般の人と一緒に教育を受けて来たが、成績がよくなるに従って憎まれ出したのがもとで退学したのだ。

友達を避けていたのは自分も悪かったけれども、今となっては、たった独りでもいいから相談に乗ってくれるものがあって欲しい。

「正しい種さえ受けてお来《こ》やしたら」と、母はいまさら母の昔を後悔しているように容易に東京行きを賛成したのだが、自分としてはそうも容易でないことがわかった。

「あの鉄道案内の人のおいいやした言葉では」と、さながら兄の新らしい写真を受け取ったほどのなつかしさをもって自分はさきの名刺を右の手で帯の間から出して見た。それを貰った時には気がわくわくしてよくも読まなかったところが、堀川《ほりかわ》通り七条下る、下魚《しもうお》の棚専心寺《たなせんしんじ》かた植原庄三郎《うえはらしょうざぶろう》とあった。それをまず、母の方には見えないようにして、ありがたく押しいただいて拝んだ。そしてその名刺を見つめながら考えて見ると、なに三郎とある以上はあと取りではなく、他家へ養子に行ける人だろう。それがここからそう遠くもない下魚の棚にいるのだ！

そんなことを取りとめもなく繰り返して考えてると、畳に突いてた左の手がしびれて来たので、億劫ながらそのかた向いてる半身を起した。そして右の手なる名刺をあわててもとの通りに押し隠した。客が何かを買って帰ったので、母が立ち戻って来るのであった。

「やめなら、衣物を着かえはったらどうや――ままも喰べんならんさかい？」

「……」こちらはどうでもいい気でだが、おもい腰をも起して明り取りに明けてあるふすまの明きから奥の間へ入った。壁につけて箪笥《たんす》が三さお並んでる、その一番縁の方に近い一つ——これには多く不断着《ふだんぎ》がしまってある——の前に、まだ自分の銘仙《めいせん》の衣物がむぎっ放しになっていた。「ほったらかしといて」と、母の不精をつぶやいたが、やっぱり、このままどこかへ行ってしまいたいようでもあった。

障子を、荒らかに明けて縁に出た。裏庭を越えて向うを眺めると、樹木で一面にむっくりした東山にも色づいた葉が雲か霞のように縫い込まれている。その南に当って、また伏見《ふしみ》のいなりさんの山が見える。秋の寂しい日光はそういう見慣れた景色の中へもこちらを誘って消え入らしめるようだけれども、自分の心の目だけは——どうしたものか——あと戻りをして、自分の家や、川や停車場よりも後ろに当るところの魚《うお》の棚の方ばかりを見ていた。

そしてせっかく、こう遠方行きの用意をした姿を再びこの部落に埋め返すことがつらかった。親切な相手さえあらば、どこえでもこのまま出奔《しゅっぽん》してもよかった。

喉のかわきをおぼえたので、奥の間から土間へ下り、その前なる流しもとの手桶から水を柄杓《ひしゃく》で口移しにした。その音が聴えたかして、母は、「衣物《きもの》がよごれますが、な!」

「子どもやおへん」といってやりたかった。

「ままを喰べはったらどうや、な?」

「……」こちらもとうとうその気になって、まず帯を解き初めた。そしてぬぎっ放しのに着かえたがそのあとをまたぬぎっ放しにして、自分で自分のお膳をこしらえて茶の間へ持って行き、母の火鉢に近い板の間のところで食事をした。そして茶づけのお香々をぽりぽり云わせながらだが、停車場で注意を与えてくれた人の親切を、わざとにも落ち付いて、ぽつり、ぽつりと話して聴かせた。そして最後に、「年の若い割りにはしっかりしゃべらはる人どす」と讃《ほ》めた時には、それでも、われ知らず、箸をくわえた自分の顔が赤くなった。

三

夜になると、二人は一緒に奥座敷に入って、いつも別々な床で西をまくらに寝るのだが、母は必ず箪笥に近い方をえらぶのであった。

「若いものはどろ棒が入って、引き出しを明けても知らへんさかい、な」と云うわけのためだ。「泥棒と云うものは、な、箪笥の引き出しを上から明けんものや。上から明けたら、また締めてからでなければその下のが明からへん。そやさかい、いっち下の引き出しさえ明かんようにそのそばに寝ておりゃ、大丈夫なものどす」とも母は語ったことがあった。

「……」今夜は、しかし、高子自身には毎晩母と二人でし飽きたどろ棒の心配などをしている余地もない程、自分の心を占領しているものがあった。それはある物には違いないが、何物であるかを自分ながらはっきりとつかめなかった。そのもどかしさに母ともいつもの通り親しく話をすることができなかった。そして独りで私《ひそ》かに考えつづけたのである、一旦思い付いたことを、けさ、とどこおりなく実行していたら、今ごろはもう、長い旅の半分以上を行ったかも知れないと。

まだしたこともない旅というものにも興味を持っていたのである。女学校に入っていた時には、毎年修学旅行があったけれども、そして多少それとなく同情をもってくれてたお友達からその旅行に行った方がいいと勧められたこともあるが、いつも皆と一緒に行く気にはなれなかった。父にかまわず、母の身うちからいえば、皆に対しても決して遠慮は入らないのだが、どうしても何だか馬鹿にされてるようなのが面白くなくって、いつも自分自身から遠慮だが敬遠だかをしてしまった。そしてあとでは、そのたびごとに、思い切って行けばよかったか知らんとも残念がった。今も、またそれと同じように惜しい気がしている。あのがやがやした停車場をあさ出た汽車は、今も進んで行きつつあるに相違ない。だのに、自分はおひるから夕がた、夕がたから夜へと、もう再びは決心をしかねて時間をただあと戻りばかりした。

さきへ進む汽車とは自分は段々に後れるばかりで――それをばかり考えてると、ちょうど、試験の時間に早いものは四、五名も答案をすませて教場《きょうじょう》を出はじめたのに、自分はまだ問題を半分までも考えてないその苦しさ、つらさ、消え入るような思い。そこに嵯峨《さが》やお室《むろ》、さては高雄《たかお》の紅葉に滲《し》み込む秋の景色がいずわりに自分の神経に現われて――その方がやっぱり自分の気を落ち付かせるようでもあり、また落ち付かせないようでもあった。

「そう思案ばかりしてたかて切りがおへんやろ」と、母も見かねて注意してくれたのをしおに、こちらはほほえみにまぎらせて聴き返した。

「ほしたら、どうしまひょ?」

「どういうて、わたいが聴かれても、ちと困ります」との答えであった。「あんたのこっちゃさかい、あんたが前の通りおきめやし、な。」

「……」こちらはそういわれるとなお自分の決心がぐらついて行って、心がただむしょうにかき乱れた。いっそのこと、やめるならやめるときっぱり親としての命令を発して貰いたかった。

「わたいは前の通りどっちやでもかめへん」といった母は、まだこちらの話の決着がつかないのに、寝床へ入るとすぐ、枕もとへ置いたランプをふき消してしまった。

「……」こちらはわざと自分の床の中でそっぽうを向いていたのだが、闇の夜同様の底もない国へ落ちて行くような気持ちであった。自分は今一度着て行くかも知れないと思ったので、いい衣物《きもの》を重ねたままふすまの鴨居に衣紋竹《えもんだけ》で掛けてある、その黒地に幅一分ほどの赤縞《あかじま》が一寸置きにすらすらと並んでるのを、つぶってる目さきの神経にちら付かせながら、あれを見てくれた人には自分がまさか貧乏くさい家の娘でないことだけはわかっただろうと嬉しかった、尋ねて行きさえすれば、きっとまた親切に会ってくれるだろう。と、けだし、そう思うには、あすは朝早くそれを尋ねて行って見ようというした心があった。その楽しみを私かに楽しむように自分をあお向けにして、うんとからだを延ばして見た。そして母にもそれを今からうち明けて置く方がよかろうと考えたが、あたまを枕につけたままごろりとその方へ向いて、「おかはん」と呼んだ時には、笑いごえでだが、別なことを口に出した、「わて、やはり東京へ行た方がよろしやろか？」

「さぁ」と、母もまだ眠ってはいなかった、が、返事は見当はずれで、相変らずもどかしかった。「正しい子だねは欲しいけれど——おかねも惜しゅおすし、な、もし取られでもすりゃ。」

「……」こちらは母の見当外れをそのはずれのままに理屈で押し付けて置かずにはいられなかった。無理をいう時のような声なり憤りなりをもって、「そんでも、あんたの家のためやないか？」

「そやさかい」と、母はむきになって、「わたい、反対はしやへんやないか？」

「……」こちらはそれっ切り黙って、また横を向いてしまった。当り前の親なら、年ごろの娘を仲へ入った人が達《たっ》てどこそこへくれないかといって来ても、なかなか意張っておいそれとはやらないものらしい。それをうちではあべこべに、親からのしをつけてやろうとするどころではなく、その娘自身をして自分の相手を探させようという。それも止むを得ず、もっともなことでないことはない。

「むかし、手の指が六本ある人と人とが夫婦になったら、その子にやはり六本ゆびがでけたけれど、その六本ゆびと当り前の人とのあいだにでけた子は、ひとりが同じかた輪《わ》であっても、今ひとりは人並であった。そうしてその人並の子には、もう、かた輪がでけなかった。」

「……」こちらは母のむかしばなしを自分の子どもの時から聴かせられていたのだが、それが自分の将来に対して最も心得て置くべきことであったことが初めてわかった時には、自分は母と共に抱き合って泣いた。「泣かはるな、泣かはるな」と、母は慰めてくれても、取り返しの付くことではなかった。「これでもわたいの生れだけは穢多でも六本ゆびでもおへん。たった一代か二代かでももと通りになるこっちゃさかい。」

「そんでも、わてのからだは一生直らへんやないか」といって地団駄を踏んで泣きわめいたのであった。自分は頼みもしないのに、自分のこの生きた血といのちとを生まれた時から穢《けが》していたのは母だと思うと憎ましくもあり、恨めしくもあった。そしてこう怒らないではいられなかった、「なんでまたあんたはそんなお父さんを養子にしやはったんや?」

「もう、そないなこというてくらはんな、みなわたいが悪かったんやさかい。」母はなおその娘に向って詫びごとをいった、「あんたやあんたの兄さんにすまん、すまんおもて、毎日罪ほろぼしに仏さんを拝んでおります。」

「……」いかに仏さんを拝んでも、また幾たびすまないといっても、しかし、それですむことではなかった。自分も親のならいをそのまま受けてお仏壇は——ことに、うちのは金ぴかのそれだから——大切にしてその前で念仏申すことを今でもしないではない。が、その仏壇の中には自分の父も入っていることに思い及ぶと、そのたびごとにいやな反感が生じるのである。けれども、母はそのさきの所夫《おっと》と二度目の所夫との戒名をいつも一緒に並べて唱えている。して見ると、二度目のも——母の四十近くになってからのであったのだが――それほど慕わしかったのであろうか？　おまけにさきのには子がなかったのに――もっとも、ひとりは生れたが死んだというに――あとので自分らふたりを産んだのだ。それさえ、自分らから見ればいやらしいのに！　どうせ後家《ごけ》をとおさないでまた男を持つなら、当り前の男を持ってくれたらよかったものを――。

その失敗を母は今やその娘をして取りつくろわしめようとしているのである。そしてこちらもまたその気になってたのだが、その相手が――東京までも行かないかって――手近にありそうで、何となく楽しいのである。

「負けとく、負けとく！」母は出あきないの夢を見たかして、寝ごとをいった。

「……」こちらがぞっとするまで思い出させられたのは、こないだ、あきないに行って、自分もすんでのことでまた母の二の前に落ちかけたことをだ。自分はそれでも無事に逃げて来たけれども、昔の母はそんなことからでも素性のよくない男と仲よくなってしまった。「みだらな人」と心にいわせて、母のぐうぐういうびきを目をつぶって聴いていた。が、自分もまたひとりで随分《ずいぶん》自由な心になって、あたたまった床の中に自分のからだを延ばした。そしていい夢を見て目がさめたり、また眠ったりして夜が明けてしまった。

珍らしくも、母よりさきに起き出《い》でて、まず縁がわの雨戸をくり明けると、ゆうべからの楽しさに見渡される景色までがほとんど全く違ったように思えた。そして初めてこの家へ入って来たのかと思われるほどのいい空気に、気がすがすがしていた。

「なんでそないに早う――」母はこちらに先んじられたのを不平そうであった。

「わて、きょう」と、こちらはこれまでに見せないえがおをもって、「鉄道へ出やはらんうちに、あの人に逢うて来まっさ。」

「それもよろしゅ、おやすやろ。」

いつになくおかゆやお膳の手伝いをして、速かに食事をすませると、高子は急いで自分の鏡台に向った。そしてひさし髪を結いかえながら、いつも思うことだが、鏡に映る自分のまる顔が円いなら円いでもっと正しくあってくれたらと思った。初めは買った鏡が悪いので、人の顔をうえしたにつぶしたように見せるのかと考えたが、母の顔をよく見くらべて見るとやっぱりそれなので、これも遺伝の一つだとあきらめた。けれども、けさはそれが笑いを帯びているのである。いつも青いように憂いを帯びてる眼つきにもどことなく明るい光りがあった。そして
「植原さんが」と今やその名によってその人を私かに思いながら。「あんたのような、身なりも綺麗なご婦人」と云ったには、ただ身なりばかりでなく、顔のことをも云ってくれたのだろうかと嬉しかった。

きのうから重ねたその衣物に手を通して見たが、全く同じのでも面白くなかったので、藤色地《ふじいろじ》に白く秋草をこまかく刺繍《ししゅう》した襟のを抜いで、襦袢《じゅばん》は玉子色に源氏香《げんじこう》を刺繍したのに換えた。帯もひわ色地に白く亀甲がたを織り出した博多のにした。そして、紫縮緬《ちりめん》の三紋《みつもん》羽織《はおり》をひっかけた。

そわそわして出るのが自分にも気はずかしかったので、笑いながら申しわけのように、「あんじょう相談に乗ってくらはったらえいけれど、な」といって見た。すると、母はこちらが実際に東京行きそのことに知恵を貸して貰って来るつもりだと思ってだろう、きのうの朝と同じように機嫌よく、「まぁ行て来なはれ」と答えた。

四

七条通りを真っすぐに西へ堀川に突き当り、川に添ってわずかばかり南へ下ると、その川はまた西へ曲っている。そのかどの石ばしを渡ると、すぐの白い練り塀が専心寺《せんしんじ》であった。川ぶちから塀は十間《けん》ばかりもつづいて、その真ん中に大きな門があった。

途中から車に乗ったので、思ったよりも早く来た。そして車屋は門前で乗り棄てて帰してしまった。この時刻にまさか、もう出てしまったというわけもなかろうと思ったからである。蘇鉄《そてつ》や芭蕉《ばしょう》の植わってる庭を左へ行って、玄関で、「きのう停車場でお目にかかりました栗原高《くりはらたか》と申します」、といって、小僧さんにまずこちらの来たことを植原さんに通じて貰った。が、自分のごときものに家において会ってくれるかどうかがにわかに疑問になった。

「お会いいたしとうは存じますが、これからすぐ鉄道へ勤めに出なければなりませんさかい」というようなことにでもかこ付けて、体よく断って来はしないだろうかと思うと、自分のあんまり心を安んじて出て来たのが大胆過ぎて、わざわざの恥さらしではなかっただろうか？

母の話によると、部落の人はよそへ行っても弱みのあるために気が引けて、初めから決して人の玄関の敷居をまたがない。またいで叱られるくらいなら、前もってそんな恥のうわ塗りをしない方がいいという慎しみである。そしてその慎しみが男でも段々ひがみこうじて、

「お前は穢多だからきん玉が二つあるだろう」といわれると、「どういたしまして――やはり、旦那がたと同じように一つはかありまへん」と、うそをもって答えるそうだ。もしや自分もさきの人に、

「穢多の子などにお目にかかることはできません」とでもいわれたら――？

しかし、――そうだ、自分は男ではない。そうだ、それから、自分がそんな女であることはわかっていないはずであった。また出て来て、「どうぞお通り」というその小僧さんに案内されて行くと、門からいえば真正面に当るここのご本堂に入った。

「……」むっと押し迫って来た線香のにおいに、自分の素性をいつわる心が返り見られて、そら恐ろしい信仰をいつも通りに感じながら、お仏壇の前をとおって、その横手に在る一室に達した。

「よう来てくらはりました、な」と、言葉ぶりでは植原さんもかみがた者らしかった。あわてて、まだ敷き蒲団をかたづけていた。

「早う上がりまして――」こちらは思わずぺたりとその室《へや》の外の畳に座ってお辞儀をした。

「さぁ、どうぞお入り——どうぞ。」その促す手つきもその言葉と共に年に似合わず巧者《こうしゃ》であった。

「……」この人はうちの兄さんよりは恐らく世間慣れているのだろうと思いながら、室《へや》の中の方へ膝をすり入れた。

「ちょっと失礼します、顔をあろて来ますから」といって、かれは歯みがき楊子と手ぬぐいとを持って急いでおもての方へ行った。

「……」まぁ、よかったと、こちらは安心したような、またなかなかおそろしいような気がして、独りになってもまだ取りのぼせているのが直らなかった。明けっ放しの座敷を一番下座の太い角ばしらのわきから見渡すと、上座の方にすえてある狭い机のうえには、お経のような物がのせてある外に、小説本らしいのもある。この人も桃郎《とうろう》の「琵琶歌」を読んだことがあるか知らんと考えて見るだけでも一層のなつかしみをおぼえた。

そのうちに、小僧さんが植原さんの食事を運んで来た。こちらの想像通り、かれはこの寺に下宿しているのであった。まだ奥さんがなければ、そんな風にでもして貰わねばならぬだろう。もっとうちが近ければ毎日のように世話をしてあげてもいいがなどと思ってると、多少は心が落ち付いて来た。そして自分の鼻には、自分のお白いのかおりと共に襟もとから発する自分のあせばんだ肌のにおいが嗅ぎ取られた。すると、またこのにおいによって自分の本性をあばき出されてはという恐れが出て、両手できちんと自分の襟をかき合わせた。

「やぁ、失礼しました」と云って、この時、かれは台の付いた火かきに炭火を入れて自身で持って来た。そして小さい瀬戸の円火鉢に火を入れて、その方へ来いと無理に勧めたので、

「では、遠慮せんで」と、こちらも少しはあまえる気味になって近づいて行った。

「きょうは幸いわたくしの休暇日です。」

「さよどすか？　そんなら、ゆるりとお休みでけますとこを、あんまり早うお邪魔しまして——」

「なんのかまいません。ゆるりとお話を伺いましょう。その代り」と、かれは色じろの福々しそうな顔に無邪気そうな笑いを見せて、「ちょっとその前に食事をさせて貰います。」

「ほしたら、わたい」と、こちらも向うのほほえみに釣り込まれてえがおを見せながら、かれの一方の手を出した一人前のお櫃《ひつ》をこちらへ引き取って、「お給仕致しまひょ。」こういってしまってから、初めて気が付いたかのように、その蓮葉《はすは》さに自分で自分の顔を赤くした。

「では、すみませんが——」かれもきまり悪そうに他方に持ってる茶碗を出した。

　こちらが止むを得ず給仕をしているあいだは、向うも気が詰ったかして、茶碗の受け渡しに遠慮がちな挨拶をするだけで、別に言葉はなかった。それがちょうどこちらのうちの居そうろうをでもしているかのようで、気の毒にも見え、またおかしくもあった。が、いよいよ火鉢を中にさし向いになった時には、何とかこちらからここへ来たわけをほのめかしでもしなければならなくなったので、

「どうでしょ、わたし、やはり、東京行きはやめた方がよろしゅおすやろか？」

「さよう、さ、な——一体、あんたの悲しいわけとは何でしょう?」

「……」こちらはそれをいいに来たのではないので、まぎらし笑いをして、ただ「そこにそこがおしてな。」

「それをうけたまわらんでは、わたくしも返事に困りますが——」

「……」こちらは向うが堅苦しく出ただけに一層返事ができなかった。「えろう勝手のようどすけれどそれだけはいえまへん。」

「では、そのことは別にして」と、少し興《きょう》をそいだようすであったが、なおかれは問いをつづけて、「あんたは東京へ行って何をするつもりです。」

「女子大学にでもはいろおもいまして。」これは、しかし、必ずしも望んでることではなかったが——。

「そんなら、それで方針がつきましょう。あすこには寄宿舎もあるはずですから。」

「さよどすか?」自分ながら見当違いのことだけれども、——だから、また、うわのそらで——同大学に関することを相談するように色々聴いて見た。ところが、かれにも詳しいことはわかっていないので、いい加減なことをもって答えながら、話を別な方向へ持って行った。こちらもその方が気がらくになってよかったので、かれと同じ程の年配の兄があることなどを語った。

「わたくしは、また」と、かれもいった、「六人兄弟です。そのうち二人、した一人はみな僧侶です。わたくしも滋賀県のある寺へ養子に貰われて行っておりましたが、坊主になるのがいやでそこを逃げ出しました。」そして十四歳の時から苦学生であったそうで、三日三晩も食わず飲まず中学へ通ったこともあるとのこと。それに、どうした間違いか、役場の戸籍に生れたことが落ちていたので、小学校へやっと入れたのが。十歳の時からだから、今でも中学校に学籍を置きながら、兵隊をのがれて自活をしているのであった。

「おとこはんは皆自由でよろしゅおすな――わたしの兄も朝鮮へ逃げて行きましたのどす。」それは、しかし兵隊や坊主ぐらいをいやのためではなかった。どこまで逃げてものがれ難《がた》い血のつながりには、その実、自由と云うものはないのであるが、そこまではむろんうち明けることができなかった。

「男子はともかくえろうなりたいとか、何か大きなことをしたいとかおもて逃げ出すのですが、あんたのは」

と、かれはちょっと笑いを見せながら、「おかぁさんの我がままからでも逃げたいのやおへんか?」

「そうどすやろか?」

こちらも無理に笑っては受けたが、母を思い出させられるのが一番つらかった。それだのに、かれは何かにつけて段々とこちらの東京行きのわけを聴きたそうにするし、こちらはまたそれをいいたくないしするので、話はいろんなことに飛んでも、結局は行きつまってしまうのであった。

手すりのついてる高い縁がわを越えて、綺麗に造ってあるかなり広い庭の隅に八っ手の花が白く咲いてるのが見えるその方へ、こちらはたびたび目をやってると、その塀のそとから川の水の流れる音が聴えて来た自分の家の前を流れる高瀬川のとは違って、ちょろちょろと可愛い音だ。そしてそれが今自分とさし向ってる男の住むところによく釣り合ってると思うと、私かにまた顔が赤くなった。

「高雄《たかお》あたりは、今えいでしょう、な。」

ちょっと目と目とを見合わせたが、こちらも何かいわねばならぬ気がして、つかない返事ではあったが「ええ庭どす、な」と賞めた。柳原の一番ひどいところへ行けば、喰った魚の骨でも何でも、勝手の前や何かに、ところかまわずうち棄ててある。わるぐさいのは当り前だ。それに引き比べて見ると、ここのお寺などは、掃除もよく行き届いて気持ちがよかった。人並みに四方の紅葉狩りなどには少しも行きたくないけれども、ここにはもっと心を落ち付けていたかった。

けれども、そう思えば思うほど心の落ち付きが却ってなくなって来たので、苦しいような、名残り惜しいような思いをしていとまを告げた。

「まぁ、よろしおすやろ」と、すっかり京都口調で云って、見送って来てくれた。山形県鶴岡《つるおか》の生れだというけれど、十四の時からかみがたに来ているためだろうか、なかなかこちらの気分にもしっくり合っているところがあるのが嬉しかった。が、「あんたは一体どこどす」と聴かれた時には、こちらの住所を知ってひょっこり来て貰っては困るので、「間《あい》の町を七条から上ったとこの小さい呉服屋どす」とばかり、うそをもって答えた。けれども、わからないためにつけ加えた小さいということだけは今度逢うた時には取り消したくもあった。おもて向きはつまらぬ商売をしているけれども、昔から母の家に付いてる相当な財産家があることは知らして置きたかった。都合によれば、「もっと正式な勉強をしたいのどすけれど」といった植原さんの学費ぐらいは、こちらで出してあげてもいいと思ってるのであるから。けれども、間の町とだけはいつまでもうそをいって置く必要があった。

その間の町の角をも曲がらないで、なお真っすぐに帰りを急ぎながら、自分は、もう、あの人を朝鮮の兄さんとは見ないで、実際に専心寺の植原さんとして思い浮べていた。そしてふときのうの朝から自分の兄を思い出していたのは、植原さんを見てからの自分の恋であったこともわかった。

「まだおひるにはずっと前やけれど、ままなど喰べんかてえい。うちへ帰ったら、すぐ休んだろ。そうして床の中で十分に植原さんのことを考えたろ。」こう心にいわせながら、橋を渡って自分の格子ぐちまで達した、そして格子に手をかける前に、いつもする通り、後ろをふり返って、誰れか自分の素性を探りにあとを付けて来ていはしないかと見たのである。

すると、以外にも、植原さんその人が橋のたもとなる柳のそばに立って、こちらを見ていた！

にわかに天が落ち、地が崩れて来たような仰山《ぎょうさん》なおびえをもって、こちらは家に飛び込んだのである。

五

「誰れや！」

留守がなくなるのできょうもあきないには行かぬといった母も、びっくりしたかして、奥の方からけたたましい声であった。

「……」こちらはそれに対する返事をもできなかった。鬼かどろ棒でも入って来るのを防ぐように締めた格子戸にかきがねの輪をはめてから、奥に入り、衣物をぬぐが早いか、箪笥の前に自分の床を出して、それにもぐり込んだ。そしてきのうからつもり積った楽しい夢を見ようとしたのがあべこべにぐれてしまったことを独りで歎《なげ》いた。

すぐ帰って来なかったらよかった――西山《にしやま》の方へでも車でまわってもみじでも見ていたら！　間の町などいわないで――反対の方の上御霊《かみごりょう》とでもして置けば！　自分はうそをいうにも、考えが足りなかったのである。いや、からだはいても心のいない家などへ帰って来ないで――すぐ東京へ行ってた方がよかったのだ！　いや、いや、――そうだ、いっそのこと、この世に生れていなかったらいいのだ！

年の割りに利口なあの人には、もう、何もかもこちらのことがわかってしまっただろう。たぶん、向うへ帰ってから、かれはあさ喰べた物をもどすほどむなくそ悪く思ってはいなかろうか！　こちらもまた、おなごの癖に初めて尋ねて行ったところで、しかも若い男の人に向って、よくも、まぁ、あんなに遠慮なく、お給仕などができたものだ、今更らながら、穴へでも入りたいほどで――向うが塩でもまいてそのあとを清めながら、ぷりぷり怒ってるようすまでが、いかにも気恥かしく想像される。

それが最も残念で溜らないのである。いっそ行かなかったらよかったのにと思うと、自分のそんなことを考えたこころ根までが憎ましくって、あお向けになった自分の胸を両手でかきむしりながら、からだを左右に振りもがかせた。そしてくやし涙が枕の方へとめどなく流れた。

「ほんまにどないしたんや」といって、母はまたこちらの枕もとへやって来た、それまでに、もう、二度も来て、いろいろ聴いてくれたのだけれども、こちらの胸が一杯になって返事をしなかったのだ。この三度目にもまた母はそうつけ加えた、「けたたましゅう帰って来たばかりで、何もようすをいわんで?」

「……」こちらは自分の母の心配そうな顔を下から自分のひたえを越えてにらむように見つめて、やっぱり、黙っていた。

「また、男にけたいなことしかけられたんやおへんか?」

「それどころやおへん!」もっとひどい目に会ったと云う意味を不平たっぷりに聴かせたのであった。

「ほしたら」と、母は案外にもその黒味を帯びた皺くちゃ顔に若返ったような恥かしみをも見せて、こちらの意味を取り違えたらしい、「却ってこっちゃに都合よろしゅうおしたやおへんか——向うの男はんが穢多やない以上は?」

「……」まだ東京へ行って来たのではないと叱ってやりたかった。が、間違ってでも自分らの望みのことにいい及ぼされたので、こちらもちょっと顔が赤くなって、「そないなことというてやへん!」

「ほしたら、なんや?」母はまたもとの通りたよりなさそうになった。

「まるでちごてるやないか？」こちらも気がむしゃくしゃしたので、かけ蒲団をはねのけて敷き蒲団のうえに半身を起して座り、目は引きつづいて母を見つめながら、「あんたは、な、ようも、ようも、わてをこないなやくたいな人間にお産みやした、な！　あの人がわてをけたいにおもて、あとをつけて来たやおへんか？」

「ほ！　なんでや！」

「なんでや！」と、こちらは母の呑気そうな言葉を押し伏せるように繰り返してから、「そないにおとぼけやして済みまっかい、な？」

「つけて来たら」と、母はこちらの目と言葉とをさけるようにして、「ちょっと横へはずしやはったらよろしゆおしたに。」

「誰れがあの人のついて来たのを知ってます？」

「あんたやないか？」

「わて、知ってやへなんだもん！」

「ほしたら、もう、あきらめるよりしよがおえんが、な。」母もこちらの心を受けたように失望のようすであった。

「間の町というておいたんどすけれど、こっちゃの知らへんうちについてお来やしたんやさかい。」

そういいながら、こちらはまたごろりと横になって、蒲団をかぶってしまった。ひるご飯を取れと勧められのをも断わった。そしてこちらのぬぎ棄てて置くよそ行きは、もう、ほとんど全く用もなくなったと思われるのだが、母がしきりにたたんでくれてるのを枕のうえから見ていた。

母に注意される前からあきらめてはいるが、なお何となく悔し涙がこぼれた。この着物を着ていた自分のあとをつけて来た人が憎いようでもあり、またこの着物と共に可愛いようでもあった。

「またいつでも来てくだされ」と、親切な言葉ぶりでもっていったではないか？

「……」その人がすぐついて来たとはあんまり、意外でもあり、あんまり早わざでもある。もっとも橋のたもとの、柳がもとに——！　何だか、かつて母と共にこっそり聴きに行った浄瑠璃《じょうるり》「三十三間堂《さんじゅうさんげんどう》」の文句にでもありそうだ。お柳《りゅう》はやなぎの精であったが、あの人の姿もひょっとすると自分を思ってくれてる精神がそっくり現われたのではあるまいか？　それならそれで、おそろしいようだが、自分の思いは叶うわけだろうけれど——。

またそうでなくとも、自分の思いが途々《みちみち》にわかに切になったところから、わが身でわが身の思いをまざまざとかたちに見せたのではなかろうか？　鳥うち帽を真ぶかにかぶった白い顔がこちらと目を見合わせた時に、にっこり笑ったようであった。そして手を帽子の方に挙げたのは見えたが、その時、実際に脱帽したかどうかは——こちらが家へ逃げ込んだために——見きわめなかった。今一度出格子からこっそりのぞいて見て、ほんとの人間であったか、それとも幽霊ではなかったかを突きとめたらよかったものを。今更惜しいような気がした。

それはともあれ、あの人とこれから交際して親しくなればなるほど、どうせおしまいには住所をいわなければならぬだろうと思うと、恋どころか、ただの交際さえも断念するようしかたがなかった。

「わたくしはこんな武骨ものですけれど、あんたさえおつき合いくだされば、これから末長くおつき合いいたしましょう」といわれたことも、ほんの糠《ぬか》よろこびであった。

「一筆申しまいらせ候。けさ程はいろいろ承わり、ありがたく存じ候えども、母とも相談の上東京行きはやめに致し、大阪の方へまいることに相成り候えば、もう、お目にかかることもなくと存じ残念に候。何卒おからだをお大事に――栗原高子《くりはらたかこ》」と書いて、そのハガキを夜になって郵便箱に入れて来た。そして母には別にそれに就いて何ごとも語らなかった。どうしてもいまいましかったからである。

その翌日彼女は自分でとうとう床を出なかった。最も、前夜、少し隔たってる郵便箱まで秋の夜冷えに対する何の用意もなしに出かけたので、少し風を引いた気味でもあった。そのうちに、長火鉢のそばに台ランプの光りがついたことがこちらのふすまの明きから見えた。母はきょうのことを終わって、仏壇のお灯明《とうみょう》をいつも通り改めたようすである。と、やがて例の念仏が初まった。また二人の旦那の仏名をも唱えるのだろうが、こちらもいつか自分の養子を貰って死に別れたら、それを二度目のも同様にして、植原はんのと一緒に念じてやろうなどと考えていた。

するとそこへ尋ねて来てくれたのは思いも寄らぬその人であった。

六

思いも寄らぬその人が尋ねて来てくれたので、――それはもう、その声でわかったのだ、――高子は今まで全く失望のためにぐったりしていた自分をはね起して、まず茶の間とのさかいのふすまをこちらから締めてしまった。そして箪笥の上にあった手燭《てしょく》をともして姿見《すがたみ》に向うと、自分の円い顔は嬉しそうににこにこしていた。相変らずえくぼが出た。

お念仏を中止して挨拶に出た母は一旦立ち戻って来たが、こちらの様子を見て取ると何もいわないでまた出て行った。そして、「あんたが植原はんどすかい、な――まぁ、おあがり」といって、かれを茶の間へ案内して来たけはいだ。

「……」こちらにはそのけはいが実際に見えるような響きとなって、心の目から胸にまで滲みとおった。そして今夜の母ほど恐らく世にありがたい人はなかろうという想像をえがいた。

「ようこそ尋ねて来てくらはりましたな」と云う母の言葉が火鉢の座からまた繰り返された。すると、かれの声で、「きょう、勤めから帰って見ましたら、おハガキが来ておりましたので――」

「ほ――、あんた」と、母は優しくこちらへ呼びかけて、「わざわざお呼び申し上げたんどすかい、な？」

「ちがいますが、な――」こちらは仮りの化粧を急ぐためにこなお白いの毛ばけを頬に叩きつけていたが、自分ながらにわかに晴れがましいほどの声になってるのをおぼえた。「わて、もう、お目にかかれんかおもてましたのどす。」

「さよか？——娘は、もうお目にかかれんかおもてましたのどすのに、まぁ、よう来てくらはりました——こないなむさくろしいとこへ。」

「いえ、どういたしまして——」

「上御霊におりましたんどすけれど、な、あきないの都合でこないなとこへ引っ込みまして。」

「……」こちらは十年あまりも以前の事をそう初手から弁解しないでもいいのにと思った。却って自分らの弱みを自分から白状するようなものではないか？

「御霊のあたりもよろしいです、な。」

「こないなとこに比べましては、な。」

「……」しっと、こちらは静止でも命じたかった。たとえこんなところにでも、もし当り前の、そして相当なおなごがいると見えるものなら、まず、一と通《ひとおお》りは、かまいはしないではないか？　ちょうど鼻が光りになるべく高く見えるようにお白いの粉をそこへつけてるところであった。

「むさくろしいとこどすけれど、まぁ、ゆるりとして行っておくれやし。」

「ありがとう。」

「よんべから風を引いたとかいうて、寝てましたのどすが、な、今起きて来まっさかい。」

「御病気ですか?」

「へい――少し風を引きまして。」

「……」こちらは自分のことがいわれているのをもとの子供に立ち返った気持ちで聴いていた。が、やがて銘仙の不断着に着かえると、今度は風引きを大きく見せて粗末な仮り化粧の申しわけにするため、きのうも持って行った白の絹ハンケチを喉に巻いた。そしてよそにも劣らぬ箪笥が三さおあることをそれとなく見せるつもりで、手燭をつけっ放しにしてふすまを明けた。

「おうおう」と、母はこちらを見向くが早いか、力を添えるように、「おめかししやしたこと!」

「おいでやし。」こちらはまずにっこりして見せてから、かれが火鉢の長さの方のかみに座わつるその後ろをまわって、母の座《ざ》と相対するがわの、それも少ししも手へ来た、そして畳のはずれに板の間へ渡って座り、かれと少しはすかいに向い合った。うちのことだけに、きのうほどはきまりも悪くないが、努めて平気に見せよとしたその笑い声には自分ながらふるえをおぼえながら、「風を引きまして、な、こんな風をしてます」と、かれと母とを等分に見つつ手を突いた。「きのうはお邪魔いたしました。」

「なんのお愛相も無うて失礼でした。」

「……」こちらが見ると、男の堅苦しくそう云った目つきにも可愛味があった。「わたし、嬉しゅおした、わ、――あんたがいてて。」

「ちょうど休暇でして。」

「そんで」と、母はこちらを見て、「ゆるりとしてお来やしたのどすかい、な?」

「いろいろお話も伺いました」と、こちらの代りにかれが受けた。しっかりした返事で、なかなかうち解けてないけれども、その目が母とこちらとのいずれに向くかと見たら、やっぱり、こちらへ向いた。

「……」目と目とが出くわすと、こちらはまた微笑を促されたが、あとさきを考えるひまもなしに、こういった、「あんた、どんな小説をお好きどす?」

「なんのこっちゃい、な、出しぬけに」と、母は口を入れたが、こちらにはそれが聴き漏らして残念であったことの一つだ。

「いろいろ読みましたが――」と云って、かれはちょっときまり悪そうにこちらの視線をさけるようにしたが、

「そのうちで」と、こちらはなおそれを目で追って行って、「何がおもしろおした?」

「そうです、な――」かれもまたこちらを見た。

「……」あれであって欲しいと思ったら、はたしてそうであった。

「琵琶歌でしょうか、な。」

「ほんまに、なぁ」と、こちらは喜んで、「あのさとのは可哀そうやおへんか?」

「わたくしはまたあのさとのの兄にも同情します。」

「……」こちらには、かれがそう重ねてあの兄弟に同情してくれるのが結構であらねばならぬのであっ

た。同じようにこちらも特殊な部落の血を受けた兄弟であるから。ところが、今、かれがそういったには、こちらの素性を既にそれと判断して来たのではないかという疑いが出たので、自分ながらまずいことをいい出したものだと後悔された。で、聴きたい聴きたいと思ってたことではあったが、それっ切りで話を他に転ずるつもりで、「『ほととぎす』も可哀そうな小説どす、な。」

「しかし」と、まだかれは同じことにとどまっていて、「あの不如帰《ほととぎす》はあんまりあま過ぎて、わたくしにはつまりませんが、琵琶歌の方は多少深刻で、意味ある同情を引き起します。」

「……」こちらはそれにしても穢多という言葉を一辺でもここで使って貰いたくなかった。かれもそれをそれとなく遠慮してか、ただ、「兄にせよ、妹にせよ、あゝ云う境遇に置かれての悲しみなり、憤りなりは」といって、「読む者の心の底から真に同情を起させます。単にしゅうとのために仲のよい夫婦が引き裂かれて、そのために浪子《なみこ》が肺病になって死ぬなんて、わたくしには作者がただあり振れた感情をもて遊んだようにはか思われません。が、さとのが特殊な境遇に生れたためにあんな悲惨に落ち入ったのは、その周囲や社会が悪かったことになっております。」

「そうしますと、なんどすかい、な」と、こちらもつい釣り込まれて、「さとのはんが夫のお父さんにけたいなことをしかけられたのも、生まれが悪かったためどして?」

「いや、わたしの考えでは、生れその物に善悪はありません――夫のお父さんが嫁さんの生れを卑しみ馬鹿にしたために、あんなことをやって見ようという気になったのです。」

「……」こちらはこの時自分の母が仏壇の方へ目を向けてたのを自分の父を思い出してるのかと見て、いやな気になった。少し自分の顔をしがめながら、「そう書いてありましたかい、な?」

「はっきりとは書いてなかったかも知れまへんけれど、わたくしはそう解釈します。ところが、わたくしの生れた国では、あぁいう人を特別に区別せんで、やはり同等につき合いますので、わたくしも子供の時からそんな人を習慣として卑しんだり、馬鹿にしたりして来ませなんだのです。」

「それがほんまどす、わ」と、母は口を出した。そのくせ母も穢多というものをいやだ、いやだと口ぐせのようにいってるのである。そしてそれがこちらにも自分の当り前のように思えてるのだ。穢多を夫に持った母はもちろん、自分はまた半ばそれでありながらも、その穢多を嫌ってるのに、この人だけがそれを何ともないというのがにわかに興ざめて不思議であった。

「……」ちょっと自分は母に目くばせしたのである。その意味は、かれがきっとこちらをそれと見ているに相違ないのだから、注意せよというにあった。が、母はそう取らないで、自分がうちの系図を見せてあげろといったことに取ったらしい。

「世間の人はみな身勝手なもので、わたいらがこないなとこにすんでおりますさかい、やはり穢多の仲間のように申しますけれど、うちには立派な系図があるのどす」と云って、こちらがわざと明け放して置いた奥の間へ入った。そして箪笥の引き出しへ行った。

「……」あすこを見てくれいとかれにいわぬばかりにして、こちらは「お母はん」と呼びかけた、「来る時に蝋燭を消やしておくれやし。」

「あんた、ほんまに大阪へお行きですか？」

「えい――いいえ――」こちらは何といってかれの問いに答えたらいいのかにまご付いた。別にそのつもりがあったわけではなかったので、病気にかこ付けて、「こないに風を引いておりましては、な。」

「それはすぐにおなおりでしょうが――」

「……」では、生まれ付きの穢れはそうでないというのか？

「東京にしても、大阪にしても、都会ですから、な、うかうか行くとあぶないですよ。」

「さよどすか？」こちらは母の立ち戻って来る方へ目を転じてかれの視線をさけたが、かれの可愛い口もとに見えた微笑はこちらの胸に消えなかった。

「これがうちの系図どすが、な――よう見ておくれやし」といって、母はかれの向うがわに座わった。そしてお経のように折り本になってるのを開いて、熱心そうに説明をした。先祖は山科《やましな》の宮つきざむらいで、それから分家してこの栗原の家は母が五代目である、代々、上京室町の上御霊に反物屋をしていたが、母の代になってから少し商売が思わしくなくなったので、得意さきを別な方面へ広げるために、余り人の好まぬ柳原の部落へも手を出した。それが人から卑しめられる初めとなった。

「……」こちらもそれは本当だから本当だといい添えたかった。

「そんでも、な、わたいはあきないのためやさかい、人が何と云うてもほたらかして置いて、夏でも冬でも、反物を背中に負うて来てたのどす。そのうちに後家になりまして、二度目の養子を貰いました。」

「……」それも事実には違いなかった。

「ほしたら、どうどす。世間ではそれが穢多やいうやおへんか？　その系図にも書いておす通り、立派に大阪の人どすのに。」

「……」系図には無論、大阪府西成郡《にしなり》うんぬんなる農家の次男としてあることはある。けれども、それは自分らには真っ赤なうそであることが分っていた。母は父にせついて、誰かにそう書いて貰ったのだとは、さきに母が自分に向って白状した。

「世間というものは、何も知らんで知ったかぶりをいいまっさかい」と、かれは答えた。

「さよどす、な。」母はそらとぼけて、「それがこの児や兄の生まれまいた時にはひどなって、御霊の神主さんまでがお宮まいりをさせてくらはらなんだのどす。太政官のお布れで穢多非人《ひにん》の称を廃すということがおすのに、その穢多でもないわたいの児《こ》に氏神さんを持たせてくらはらんのどす。」

「……」それも、もし、そんな世間としてはありがちなことだと、こちらにはまたむしろ母に対する反感が起った、母は非人でも何でもないのに、わざわざ考えもなく穢多の児を産んだのではないか？

「それはひどいです、な！」かれのこう受けた言葉が特別に力づよかったので気が付くと、その顔には赤みを帯びるほどの興奮が見えた。

「……」こちらには、かれのその興奮と自分の反感とが何かにおいて一致したように感じられた。

「仏教では」と、かれはその言葉の力をつづけて、ことに真宗では決してそんなことはいたしません。」

「……」そうだ、信仰から来る一致だろうか?

「そやさかい」と母は喜んで、「わたいらはいつも阿弥陀さんを拝んでますが、な。」

「わたくしも真宗ですから、弥陀の帰依には賛成します。」

「あんたもどすかい、な?」

「……」こちらには、しかし、母がそう正直そうにそんなことをうち明けていいか、どうかということも考えられた。この部落に住んでいて、そう真宗熱心と見えれば、きっと部落の仲間に見られてしまうにきまっていた。

「ほんでも、な、世間にはあんたのようにえい人ばかりいてくれまへん。わたいらは町内の人にいじめ抜かれまして、よんどころのう、こないなとこへ引き移りましたのどす。けれど、な、あきないの都合どすさかい、決して穢多であるためやおへん。」

「十分ご同情申します。」

「……」こちらには、母ばかりが急いでその身をいさぎよくいい抜けようとしているかのようにしか取れなかった。

七

「わたいの家は決して穢多やおえん」と、母は誰れにでも少し親しみを感じて来ると必ずいうのである。

「……」けれども、こちらの考えではそうそう弁解ばかりしていたくない。人がお前は馬鹿だぞといったに対して、いいや、私は馬鹿ではない、馬鹿ではない、といいわけしていたってそれが必ずしも信用を快復する道にはならない。その上、それがあまりくどくなると、却ってあべこべに自分からその馬鹿ということを証明していることにもなってしまうだろう。

そしていよいよそのようなまずい結果になったとしたら、困るのは母ではなく、その娘なる自分でないか？　自分の母には少しも賤しい血がまじっていないのだから、たとえ自分の父の血筋が賤しかったということが皆にわかったとしても、母自身には何ともないかもしれぬが、自分にはそれは最もいまいましいことである。それも、自分が阿弥陀さんに向った時は、隠し切れないことであるから諦めてるが、せめては世の中の人にだけなりと隠しおうせればと思うのである。

だから、一番おしまいのところだけをうそで堅めた系図ではあるが、ただ一応は見せるのもいいけれど、それを種《たね》にくどい弁解はさせたくなかった。

「……」植原さんはまた植原さんで、こちらが見ていると、系図の中に何かのけがれをでも見つけ出そうとするかのように、しきりにそれを繰り広げているのであった。

「そんな物、見たかて仕よがおへんが、な」とこちらはかれに向っていった。

「何をいうのや?」母はこちらを咎《とが》めたが、なおかれに向ってまことしやかに押し付けるように、「系図というものは家のたからどすさかい、な。」

「お母はんもそないな物しまいなはれ」と、こちらはまた母に押し付けるように答えた。「もっと何かおもしろい話でもしまひょ。」

「あんたは家のこととなると、よういやがらはります。」

「……」当り前ではないかと思った。が、黙っていた。

「これならご立派です」と、かれは広がったのを折り畳むが早いか、それを両手に持ち挙げてちょっと押しいただいてから下に置いた。

「……」こちらはその仕ぐさを見て、さきにかれが坊さん育ちだといったことを思い出した。そしてもしそれがかれの本心から出た仕ぐさなら、こちらがうその物を拝ませたのがもったいないとまで思った。そこに二人が信仰なり愛なりの一致点を見付けて、お互いに全くうそ抜きなほどの親しみを感じたかったが、こちらは一方にそういう正直な心が出ただけ、また一方にはひそかにほとんど近づけないほどの隔たりができていた。

けれども、母はかれをそっくり信用したらしく、

「まァ、そういうわけどすさかい、な、あわれな親子やおもて、末長うつき合うておくれやし」といいながら、かれのそばを離れてもとの座へ戻った。

「あんたがたさえお構いなくば」と、かれもその気になったように、「わたくしはこれからいつでもあんたがたのお力にも、ご相談相手にもなりましょう。」

「そうしておくれやしたら、この児《こ》も喜びまひょ――兄がひとりおすけれど、遠方へいとりまッさかい。」

「そうやそうです、な。」

「もう、お聴きやしたかい、な」と、母は嬉しそうに笑った。「えろうおしゃべりの児やさかい。」

「……」こちらはそれでもあの時そんなことしか話の種がなかったのであった。今夜だっても折角来て貰っていながら、もはや何もいい出すことがないようにもどかしかった。第一、上茶《じょうちゃ》を入れて出したのだが、かれが飲んでくれるかどうかを心配した。それから、飲んでくれても、いやいや飲んでるのではないかと思われた。

次に、どうせ自分のこの思いはじかにうち明けられないので、信仰のことにでもかこつけて段々進めたいのだが、世間のこととは違って、信仰のような自分に真面目なことは、いつわりを抱く身の口に出しては畏れ多くて、かれと共にはとても語り切れなかった。

それに、またかれも真宗の信徒だということに照り合わせて考えて見ると――こちらを穢多だと知りながら――そし知ったに違いないのに――尋ねて来たのが既に不思議な上にも、こちらと共に容易に興奮したり同情したり、平気でこちらの茶を飲んだりしたのが、いよいよもって疑えば疑われた。この種族の人で坊主になってる人も多くあると聴いているのだ。それが坊主をいやだといって逃げて来たからとて、もし当り前の家なら、若い者をそう独りで貧乏させておくわけがなかろう。

「あんたの悲しいいわれたわけはお母ァさんのお話でざっとわかりましたけれど、東京なり大阪なりへ行て何を勉強するつもりですか」と、かれが尋ねたので、「あんたも鉄道にいてて」と、こちらも問い返して見た、「何になりやすのどす?」

「実は」と、かれは正直そうに答えた「もっと学問をしたいのですけれど、親が学費を出してくれませんので、あァいうことをやっております。」

「お父さんがおかねを出してくらはらんのどすかい、な?」

「そうです」と、かれは今度は母に向って答えた。「逃げ出して来ましたので。」

「若い者はみな親から逃げたがるものどすかい、な?」

「そうきまったわけでもありますまいが――」

「……」その逃げたということもまたこちらのと同じ事情ではなかったのだろうか? して見れば、こちらの思いは全く破れてしまうわけだ。東京への希望がかれを知るに至る手続きであったとすれば、大阪へは――都合によれば――かれと一緒にでも行きたかったのである。

「あんたのようなえい人に――親がかねを送らんとは、な――」

「……」うちで出してあげたらどうだともいい添えたかったのだが、あんまりいいたいこと、聴きたいことが胸一杯になっていて、却って一つも口へは出せなかった。

「そんでも、あんたは男はんやで結構どす、わ」などと、母はこちらの心も察しないで、こちらのやっとをいおうとし出す腰を折ってしまうことがたびたびであった。

「……」こちらは母のおしゃべりにむっとしていたので、かれが京都というところは見物の箇所が多いと語った時、「一度あんたと一緒にもみじ見に行きまひょかい、な」と行って見た、「お母さんはほたらかしといて?」

「それも結構です、な。」

「逃げられるよりやましどすか」と、母も仕かたなしのように他の二人と笑いを共にした。

「……」一度は何とかして、誰もほかに人がいないところで、とにかく、心と心とを突き合わして見たかった。

「きょうはこれで失礼いたしますが――」と、かれはやがて帰り仕度になった時、顔を赤くしていた。

「まだよろしゅおすやろに。」こちらも赤い顔になったようで――こうなると、何だか、もっと止めて置きたいのであった。かれも一旦座り直してかたちを正したまま、もじもじしてこちらを見つめて、

「あんたは、しかし、ほんまにいつ大阪へお行きです?」

「……」まだそのことを心配しているのかと思いながら、微笑にまぎらせて、「実はわたい、どこへも行きとおへんのどす。」

「それではまたお目にかかります。」こういって、かれがいよいよいとまを告げて帰って行ったあとを、母はやたらに讃めて聴かせた。そして、

「わたい、あの人すっきや」などと繰り返した。

「……」こちらは母の相手になるべき人でもないのにと思うと、その席に母のいたのが残念であった。そして母があの人に対して好き嫌いをいうのさえ妬ましかった。今やいいたいこともいわないですんだその自分ながらの不平の持って行きどころがないのを、ここにいないかれのうえに持って行って、

「そんでも、な、あの人はやはり穢多かもしれへんて。」

「どないしてや?」母はその目を一杯に円《まる》くした。

「でも、貧乏なうえにあんまり話が平気やさかい。」

「あ、そやそや! わてもちょっとそう思わんでもなかった。」

「……」そうだ、そう思っておれ、思っておれ! そのあいだに、こちらは独りでかれのそうでないところを十分に考えて楽しんでいたいのであった。

八

それからというもの、高子は自分が世間に対する恐れや恋しさを全くたった一人の植原さんに集めてしまった。

自分は自分の周囲の世間に対してはこれまでの経験上恐れや憎しみを持つと同時に、自分から遠いところの世間を想像して、何となくそれが恋しく慕《した》わしかった、ところが、この二個の別々な世間が今や自分に一つになって、憎みにも慕わしさにも植原さんばかりが唯一つの相手になった。一方では、もし、「あんたほんまに穢多でしょう」とでもかれがいうなら、こちらもすぐ、「あんたこそ、そやおへんか」といい返してやる覚悟は用意していながら、他方ではまた三日と置いてかれの顔を見ずにはいられなかった。そしてこちらがかれを尋ねて行けない時は、かれに必ずこちらへ来てもらった。

そしてこちらの不思議なことには、かれが段々と子どもっぽく見えて来たのである。初めはその年の割りになかなかおとならしい物のいいかたをしていたのが、親しくなるに従って、その四角張った他国ものらしいかどが取れて来て無邪気に京都人そっくりの言葉使いをすることもある。

ある時、ひるまはうちにいたが、「その代り、きょうは夜勤どす」とのことであったので、夜、こちらもそれとなく遊びがてら停車場へ行って見た。すると、他人に向っては鹿爪《しかづめ》らしい言葉を使ってたのが、こっそりこちらのそばへ来て、訴えるように「何かうまい物たべとおす、な」といった。可愛くもあり、気の毒でもあったので、こちらもこっそりようかんを買って来てあげた。すると、また、それが役員中のおお評判になって、

「あのおなごは何ものや――何ものや」と、四方八方からかれを取り巻いたそうだ、そのことをあとでかれは面白そうに語って、「あれは僕の姉はんやいうてやった」と嬉しがっていた。

「ほんでも、な、わてのこというたら聴きまへんさかい。」こう念を押したのにはこちらが柳原のものであるといわれたくなかったのはもちろん、またこちらがかれ自身に向ってほれてるのだともだ。ただし、こちらは毎晩夢にまで見てこの情を折りあるごとに示してはいるのだけれども、肝腎のかれがいつも気付いてくれないのである。それほど子どもでもあるまいにと思うと、かえって憎らしくもなるのだ。いや、その憎らしいということを今一歩進んで考えると、かれはこちらをてっきり例のだと見て、まだなかなか警戒しているのかもしれなかった。

一度もみじ見《み》の約束を果すために、二人であらし山へ出かけた時、嵯峨停車場を下りて川添いをのぼって行くと、どうしたわけかかれがずんずんさきへ行くので、こちらはそのあとをちょこちょこと急いで追い付いた。すると、その時ちょうど意地悪そうな顔をして行き違った女の子がこちらに向って、小癪《こしゃく》にも、「よう似合うてます」と冷かした。

「……」見つきでは何の似合うものか？　こちらはともかくお召しを来ているのに、かれは木綿着だ。

やがては何か一ついいのを買って進上しようと思ってるのだけれども、そして母もそれには同意してくれてるのだけれども、まだかれに向ってそれをいい出す折がないのであった。が、この時思わずひやりとしたのには、そんなことの不釣り合いを考えたばかりではなく、こちらをまた見知ってるものではないかと思った。が、こちらをふり向いたかれと顔を見合わすと、かれもまたちょっと恥かしそうにもみじ色になっていた。それを見て、こちらのひやりにもまた熱が加わった。察するところ、かれはあんな女の子がにやにやと底意地悪い笑いを見せながら向うからやって来たので、それを恥かしくって足を早めたのであったらしい。

「……」ういういしいかれも物をいわないで進んだ。

「さくらの時とはちごて、秋はやはり人もすくのおす、な。」こちらは全く別なことにかこつけてやっと口を出した。が、心では男と一緒に並んで歩いてるのが一番嬉しかった。もし自分が卑しい素性だということをうち明けても、なおこのつき合いができるものなら、――そしてそのためにかえって二人の情愛がしっかり結びつくものなら、――一度かれに何もかもすっかりうち明けて共に泣いて貰いたいほど、この自分の、秋が滲み込んだように寂しい胸の中には、正直な心が浮んでこないではなかった。が、向う岸の松の根もとをすっきりした女の姿――どこかの奥さんだろう――が、すぼめたこうもり傘を地に引いて、その旦那さんらしい洋服と共にむつまじそうに歩いているのを見ると、その見物《けんぶつ》ぶりがうらやましくなったと同時に、自分の境遇が返り見られた。そして自分のこうしているのが寂しいよりも、悲しいよりも、ひとしおおそろしくなった。そしてそれには巡査のがちゃがちゃいわせる帯剣が思い出された。

部落のある娘が女中奉公に出た。すると、その前に一度部落づめであった巡査がその近所に来ていて、ある時そこへ戸口調査に来てそれを発見した。そして、知ったかぶりをして、

「お前は穢多ではないか」といった。そういわれた娘はその場にいたたまらなくなって、その家を逃げ出した。そしてまた別なところへ奉公して見た。すると、また、折り悪くも同じ巡査に発見されて、

「また来てる、な」といわれた。今度は別に穢多であるぞということはあばかなかったけれども、その娘は同じようにおじ恐れてそこをも逃げ出したという。

自分らはそんなことを聴き知ってるので、部落の巡査どもには、それがひとりひとり来るたびごとに、よくしてあるつもりだ。が、かれ等はいつも駐在場所がかわるものだから、さきにいたものがあらし山付近に来ていないとも限らない。そしてそれにでも行き合ったら?

そうだ、かれらのうちにはいやらしいことをいって、こちらをぶしつけにからかったものもあった。そんな者にもしこんな場所でこんなところを見られたら、今の女の子の冷かしどころではなく。以前の恨みを報いるのはこんな時だなどと考えて、もっと、もっとひどいことをいわれるかもしれない。

それが最もおそろしいのであった。

植原さんは渡月橋《とげつきょう》まで来ると、

「どうです、山へ入って見まひょか」といった。

「へい。」こちらもその方が賛成なので、橋を渡ることにした。人出が少ないといってもぽつぽつ見える間を、わざわざこうもり傘で顔を隠すようにして歩いてるよりも、どこか皆とかけ離れたところで二人っきりになりたかった。それほど自分の心が沈み気味になっていたのである。

が、かれは大変にはしゃぎ出した。山全体を我が物がおにして、あららの巌《いわ》へかけ上ったり、こちらの木の根に飛び付いたりした。そして一ヶ所、水の幅びろく滲み出たのがやま路を横切ってる、そのあいだを飛び越えた。僅かの幅だけれども、こちらはそれを独りでまたぐことが女としてできかねた。お腰のうらまで見られるようで。それに、はいてる空気草履をぬらしたくもなかった。で、さきに進むのを「植原はん」と呼びとめた。この時、下の川の水音が右手から聴えて来たが、——「頼みまっさ?」「……」かれはあとをふり向くと、すぐ戻って来たけれども、ただ突っ立っているのであった。そしてあたりの木々の葉いろが映ってるばかりでもないと思われるほどその顔を赤くしていた。

「……」こちらはすぼめた傘を左りの手に突いて、右の足を湧き水に出ている石の上に乗せていながら、にわかにからだがぐらぐらするほど胸のとどろきをおぼえた。が、向うへさし延べた右の手を引っ込めることもできない気がして、思い切り命令するような、またあまえるような声が、「さぁ!」

「……」かれはこちらの手を取ってくれなかった。「ちょっと待ってやはれ」といって、おもそうな石を両手で持って来て、それを今一つの渡りにしてくれた。

つまり、こちらの心の望み通りにしてくれなかったのをむっとして、自分は独りで二つの石を渡ったのだ。が、そんなお転婆《てんば》にはまだ経験がないので、渡ったことは渡ったが、そのはずみで倒れかけて手のひらを地上に突いてしまった。そして傘のひわ色を少しぬらした。

「あんた薄情やし、――あんたは！」こちらの目には十分恨みをこめてかれをにらんだ。そして絹ハンケチを出してよごれた手のひらを焼けにふきながら、この手がさわったくらいで身の穢れがうつるものでもあるまいにと思った。

「衣物をぬらさんでよろしゅおした。」かれはすみませんともいわないで、また無邪気そうにさきに立った。そして大きなもみじの樹が一つ、太い幹や枝々を大きな岩の横から下の流れをのぞくように出してる、その根もとへ来ると、それへ馬乗りになった。

「べべがよごれますが、な！」こう寂しい声でだが、こちらが微笑しながらそのそばに立ちどまった。

「えい景色やおへんか？」

「さよどすな。」こちらもかれの言葉や様子通りに打たれて、まじめになった。

目をじっと明けていられないほど危険そうに川の中へ突き出ているところだ。下の方からは水の音が川しもよりもひどく聴こえると思ったら、川の中には岩が多くあるのであった。木の広げたえだ葉が家のひさしのように平たく二段にも三段にもなってる、そのあいだを透して眺めると、多くの岩と岩のあいだに、水の渦が巻いている。その中をまた船が一つ下だって来たが、岩にぶつかりかけると、乗ってる人がさおを持ってその岩を突くのだ。すると、船の方向が器用に転じる。男の客が二名乗ってる。そして次ぎの岩に来ると、またそのさおで船を少しよこへ向ける。するとまた次ぎの岩だ。これまでに見たこともない自分には、それがあぶなっかしくって見ていられなかった。けれども、「あれが例の保津川下りの船どす」と説明したかれは、そういった時に一度こちらをふり向いた切り、じっと下を見つめた。そして、ついには「おもしろい、なぁ」という独り言になった。

「……」こちらは男というものを憎らしいものだと思えた。こちらがかれを思ってるのは大抵わかってるはずだのに——もしかれの無邪気さがわざとであって、その実、本心では、かれが同種族でないことの故をもってこちらを嫌っているのなら、かれを今ここから突き落して自分も一緒に死んでしまってもよかった。死ぬなり殺すなりはいつでもできると思って、「もう、いきまひょ」とかれを促した。

橋のたもとまで山を降りてくると、橋をまた向うへ渡った。そしてかれの好みに従って三軒家の茶屋へあがり、かれのために鯉こくをご馳走した。酒を飲むなら取りますといって見たけれども、かれは飲みたくないと答えた。この時にも、結局、自分はかれの心を捕えてしまうことができなかったのである。自分としては、いまいましい遠慮やら弱みやらが自分にこびり付いてるからで——。

けれどもかれは箸を運びながら、別に少しも悪意がないようすをもって、「僕、あんたと一緒に日本中のあわれな部落民のために尽しまひょか」といったっけ——穢多とか特殊部楽とかいうことを無遠慮にいうようになったのを見ると、初めのほどとは違って、こちらをそれとはしないで、夫婦になっても良いと思ってるようにも見える――「慈善事業でもして？　それにはちょうどあんたは事情もわかってて都合がよろしゅおすやろ。」

「そんでも、わて穢多はきらいどす」と、こちらは一も二もなく答えた。

かれは母のいる前ででも言葉を遠慮しなくなって来た。そして滋賀県にいる時、ある友人の写真機を持って二人で穢多村を撮影しに行ったことを語った。その村で割り合いに立派そうな家に向ってレンズを向けていたら、その家からひげの長くはえた人が出て来て、いかにもおもおもしい調子で、「国に要塞あり、一家に主人あり」といった。何をされるかわからなかったので、写真機械をそのままに手ぶらで逃げて来たそうだ。

「穢多にかて団右衛門《だんえもん》を初め、えらい人がをりまっさかい」と、母はこの時返事したが――「……」

そんな弁解をするだけ穢多の根性に落ちてるのではないか？

九

「あんたはまだ書生さんも同じどすさかい、おかねがいる時分にはいつでもわたいらのとこへいうて来やはれ」と、母もかれのために好意を添える気になっていた。

が、かれは――どうしたつもりか――そんな無心をいうようすもなかった。ただ無邪気そうに世間ばなしをして、それでも割り合いに世間のことをよく知ってるので、こちらの狭い見聞を広げてくれた。ある夜など、母のかわりに、「僕がお経をあげて進ぜまっさ」と云って仏壇に向って阿弥陀経一巻を読んだ。「にょぜがもん、いちじぶつざいしゃえこくぎじゅぎこどくおん。よだいびくそうせんにひゃくごじゅうにんく。」なかなか上手であった。

「若いのに感心な人やで――」母は半ばお寺の住職に対するほどの信用をもってかれをも信じていたので、高子がたびたびかれと行き来するのを少しも邪魔しなかった。で、かの女としては自分の切な心が十分にかれに通じさえすればよかったのである。

好きだというむし菓子を持って行ったこともある。一緒に喰べるために牛肉を買って行ったこともある。銘仙の中ぶるを外出着に与えたこともある。また、銀貨やお札を無理に渡したこともある。けれども、かれがこちらを女として飽くまで慎み深くしているのをこちらは憎いとも、またひとしお奥ゆかしいとも思って来た。

向うからだって、たまには、こちらの手に触れようをして来たと思われることがないでもなかったけれども、そんな時にはかれも顔を真っ赤にして中止した。その顔を赤めるのが事をさし控えるしるしででもあったように。

それがやがてかれの女に対するうぶで卑怯なためだとはわかったが、そうかといって、こちらからも手を出す折りがなかったのである。まかり間違って拒絶でもされたら、自分が若い女としてこの上に生きていようがないのだ。

　東京へ出ようと決心したのは、好きでない人にでもかまわず何とかして貰う覚悟のためであったが、植原さんを知ってからは、今や死ぬにもかれでなければならぬような気だ。たとえからだの関係がないうちに自分が死ぬにしても、かれと共にでなければ往生ができそうでもない。それだのに、かれの方では平生はあんまりかかわりがなさ過ぎてる！

「あんた死にとなることがおすか」と、こちらがそれとなく聴いて見た時、かれは取り付く島もないような返事をした。

「そんなことはあんたのお母さんにまかせときなはれ。」

「……」もっとも、こちらの信じたところでは、かれはもっと勉強してえらいものにならねばならぬということを心から考えていたのだ。それもたのもしかったので、兼て母と相談しておいた通り、向うが養子になってくれるなら、そしてこちらの兄が見棄てた家をこちらと共に継いでくれるなら、望みの学校へ入れてあげてもいいというつもりで、「都合によれば、あんたの学費はうちで出してあげてもよろしゅおす」とまで、これもそれとなく、うち明けて見たこともある。

　が、かれの返事はそんな時に限って煮え切れなかった、何となくその胸にまだ一物を持ってるかのように、「お心ざしはありがとおすけれど――」などと。で、こちらは母には、もう、あきらめてる様子を見せて、はっきりと、「とても駄目どす、わ」と告げながらも、かれに向っては、この点に関するかれの決心を促すようなことにばかり、逢うたびごとに意を尽していた。

「特殊部落民のために慈善事業を――」

「……」こちらの本意ではないけれども、そんなことでまずもってかれの意を迎えることができるなら、それでもかまわないとまで思った。いよいよ結婚してしまえば、もっと別なことを勧めて二人で心づよく、また安心して、広い東京へなりどこへなり自由な家を持ってもよかろうと――ひそかに。

そのうちかれはある朝尋ねて来て、出しぬけに、「鉄道の方をやめました」と告げた。

「……」では、いよいよこちらの望み通りになるつもりかとその初めには見て取った。が、それにしては前もって何の相談もなしにあまりに突然のことであった。「一体」と、しばらくこちらはかれの顔を見ていたが、「どうしてどす?」

「国から帰れいうて来ましたさかい。」

「国から――帰れ――?」じゃぁ、これはきっとこちらをいやになって急に逃げるのだと思われた。水をあびせかけられたほどにわかに冷やかになって、わざとらしくただ「へい――」といった。そしてそのわざとの冷やかさがその場に心をまでも真っさおに塗りかえたかと思われるほどのすご味を自分に感じた。逃がすものか、どこまでも行くところへ追っかけて行ってやる!

「実は、兵隊に行かねばならんことになりました。」

「兵隊はんどすかい、な?」母はそれを真に受けたらしいが――。

「……」こちらはそんな手に乗るものかと、心で叫んだ。まじめ腐って、そんなうそを！　いやなら正直にいやといえ、殺してやる！　どうせお互いは世間から執念深いともいわれてる仲間ではないか？　こうなると、かれをも穢多の仲間と見ないではいられなくなったのだ。こちらの日常生活にも実際に親しみを持っていながら、一方ではまたそれを嫌う。嫌ってそしてこちらの愛を途中から受けまいとする。そんな奴はまた他の世間へもぐり込んで、無理にも第二の父となり、また第二の高子を産ませるのだろう、自分の生まれを咀《のろ》うだけ、ますますそんな考えの人を事分は許すに堪えられなくなった。目も引き釣ってるだろうと思いながらも、にわか思い付きの意地悪い皮肉を口に出して、「あんたもいじめられまっせ」といった。自分の聴いてるところでは、自分の同種族は軍隊に入っても他のものよりひどく虐待されるのだ。

けれども、かれはこちらを悪く取らなかったのか、それともなおしらばっくれてか、「僕も行きとないけれど」と、相変らず親しみある言葉ぶりであった、「これは国のためやさかい仕よがおへん。」

「困ったことになった、なぁ」母もがっかりしたようすだ。

「……」母のようすは、その実、こちらの失望を示してくれたのであった。思い返して見ると、かれはやはり近頃のかれであって、もとのそれではない。もし逃げるつもりなのなら、もとの、初め通りの、かれに立ち返ってるところがどこかに見えなければならぬ。ところが、もとのような、「わたくしは」で初まる堅苦しさは再び見たいといっても見られないのであった。そこにこちらの心はまたひとりでに和らいで来るのをおぼえた。

「ほんまどすかい、な」と、微笑になって、改めて問い返した。

「ほんま――」かれはその優しい目を以てこちらを不思議そうにながめた。「僕前にいうてたやおへんか、徴兵のがれにまだ中学に学籍を置いてあると?」その不自然な行きかたを学校も承知しなくなって、国の役場へ通知した。そして役場からかれの実父にかけ合ったのだ。「あんたはうそやおもてやはるけれど、この手紙を読んでおくれなはれ」といって、かれは今度は不平そうにその実父から叱って来たのを見せた。

「……」それを読んで見ると、どうせ一度は行かねばならぬ兵隊のことだから、いっそ今のうちに行ってしまう方がいいとあった。無論、ことし、試験なしで入隊するのだ。「ほしたら、行て来やはれ、その代り、な、すんだらすぐ戻って来てくらはれや」と、もう、こちらにそう要求する権利でもあるかのようにいった。

「……」かれも名残り惜しそうに別れを告げた。

こちらはまたかれの帰国の旅に要する喰べ物に入隊までの小使いを添えて見送りをした。が、別れてから日が重なるに従って、恋しさがいや増した。そしてかれを仮りそめにも自分の同族と思ったことをもったいないような気がしてきた。

「可哀そうに、な、あの人までをちょっとでも穢多やおもて。」

「わても確かにそうやないおもてます」と、母も答えた。「はやく兵隊はんの三年が明けてくれりゃ――」

「……」いよいよ入隊の通知が来ると、その三年がますます待ち遠しくなった。そしてそのあいだに、今までかれを多少見くびった報いとして、こちらが忘れられてしまうような気がしてならなかった。いや、そういう気を向うに向けながら、こちらはまたどうせこんな身でというあきらめを着けつつあったことに気が付かなかった。

一〇

それは、しかし、かれの兄だという坊さんが無心をいいに来たので、こちら自身に意識されたのである。

そうろう文のやり取りではどうもこの寂しさに満足が与えられないで、最後には一つ見舞いがてらかれのところへ行って来ようかとも思い出した。そしてその意を相談がてら向うへも通じて見たのだけれども、その返事が相変らず煮え切らなかった。その上、向うからの手紙の十日目が二十日目になり、二十日が一ヶ月おきになった。

こちらも旅費を使う代りに、一度十円のかわせをためしに送って見た。そしてそれに対する返事を待っていると待ち受けた期日より二十日も後れて、――かれの返事ではなく、かれの兄というのがやって来た。そして先日の礼をいい伝えたのは満足だが、同時にまた五百円の無心をした。銀閣寺の近所で養鶏事業をやってる人があるが、それに資本を出してやらぬか、儲けは分配するからといって。「人を穢多と見て、馬鹿にして来たのや」と、こちらはすぐ見破ってしまった。植原さんの兄がひとり京都に坊主をしていることは兼て知っていたが、放蕩に身を持ち崩しているので、かれもそれを避けてなるべく会わないようにしていた。こんな人がかねを目当てに養子に来ると、かねを使い果したうえ、家をも子をも見棄てて逃げてしまうのだろうと思えた。

「うちはこの通り貧乏どすさかい、とてもお望みには従えまへん」と、母もきっぱり断わってしまった。

「しかし」と、その人は植原さんの兄であるのを笠に着て、「おとうとにもそう貢《みつ》いでいただけるほどなら——」

「……」何をいうのだ、畜生？　母はかねのことをいわれたのでぎょっとしてしまっただけだろうが、こちには今一ついまいましいことがあった。坊主の袈裟をまとっていながら、そのこちらを誘うようないやらしい目つきには、こちらのからだを——おとうとにも許したと思ってだろうが——兄にも許せといっていた。

慎みのうえに考え深くあるべきことをそれとなく行いの上に教えてくれたあの植原さんがなかったら、あるいはこんなのらくら坊主にもただ正しい種を得たいというだけの故をもて——こちらの身を許したかもしれない。が、今や自分は慎みを教えられたうえにも、また、考え深い人だって自分の身うち以外では少しも頼みにならぬことをも知った。

もう、植原さんが手紙ですぐ挨拶をしないで、冷淡にもこんな坊主をよこしたことは責めない。かれにはいかに放蕩者でも、無礼ものでも、その身うちの方が穢多よりも大切に考えられたのであろう。こちらはこれだけ心を尽していたのに、そんなことは少しも取り合わないで、かれはその兄の事業費か放蕩費かのために世間に秘密な金の出どころを教えたとは！

こうなると、こちらにも自分の兄があることがにわかにまた思い出された。そしてそれがこちらと同じく結婚もできないで独り困っているだろうと恋しくなった。そしてまた植原さんへの当てつけに、自分は自分で朝鮮へ手助けに行ってやろうと考えられた。まず、植原さんへ手紙を出したのだが、――「あなた様のお言《こと》づては本日」と、わざわざ期日のあまりに後れたことを思わせるために「三月十一日」の日付けを示し、「お兄様より承わり候。わたくし事生憎病気にて十分にお相手致しかね、誠にすみません。」これは本当のことだが、さきにかれが始めて尋ねて来た時の病気の誇張とは反対に、わざと何でもないように見せたのである。もしかれの兄に少しても思いやりがあって、こちらの弱ってる様子をすぐ向うへ報告してくれたら、よくわかることだ。自分はかれを思いはじめてから肥えたからだが痩せて来たばかりでなく、鏡に向えばわかる通り、また両の頬に自分のいのちと見たえくぼが消えて来たばかりでなく、せきをすることが多くなって、――寝つづけてはいないけれども――医者の言葉によると、肺が悪くなってるのである。因果のうえの因果と諦めてるのだ。「その上お兄様には五百円を融通致すようわたくしかたへお頼みに候へども、ご存知の通りの貧乏に候えば、お断わり申上候。何卒悪からず思召《おぼしめし》し下されたく候。また、わたくしは今回朝鮮へでも渡ろうかと考え居り候。どうせ長くは生きること叶わぬ身に候えば、――」ここまで来ると、しかし、自分で自分を泣いていた。「お断り申上候」で感じたかれに対する反感がにわかに腰を折って、こう書いておけば、何とかいい返事が来はしないかとも望まれた。「せめては、一度兄の世話なりと致して見たく候。末筆ながらあなた様の末長きご健康を祈り上げ候。」

これに対する返事がすぐ来たことは来たが、そしてかれの兄の無心はかれの本意でなかったことをくれぐれも弁明してあったが、そしてまた、「お断りくだされ候て却って結構に候」とも書いてあったが、こちらの病気の見舞いは通り一遍の言葉に過ぎなかったし、朝鮮行きに関しては何にもいってなかった。

「お高」と、母もそれを読み終わってから、こちらを絶望と病気との床に返り見て、「これではあんまり薄情やないか?」

「わて、疾《とう》から諦めてまっさ――」湧き出る涙を意地にも押し返しながら、自分を生んでくれた母にまでも恨みをこめて、「どないせい、穢多の種どすさかい、な。」

二

いつのまにか冬も過ぎてしまった。

けれども、高子自身には去年の秋からの恋病《こいわずら》いがいよいよ肺病に変じてしまったばかりだ。

まだ軽いとはいわれたが、自分にはどうせ不治のやまいをいやな世界に寝て暮すことはできなかった。

あらし山の遊びは、もう、ひと昔以前のことにもなったような思いをしながら、同じ山に人々が春をうかれる頃、思い切って兄のところへ出発することにした。そして母に向っては、

「わて出発しましたら、な、植原はんにはただ遠方へ行たとだけお母はんから知らせといてくらはれや」

といい置きした。わざわざ朝鮮とまで断る必要もないと思ってだ。

エタ娘と旗本

ロード・レデスデーレ

大森哲雄《おおもりてつお》訳

社会改革の方法に於て教化による改革は、立法的改革、語を換えれば社会政策よりも一層重要視すべきものだ。今日の極端に発達して腐敗の極に達せる個人主義的社会の欠陥を救済するものは結局人類愛に基く教化と立法とだ。

吾人は人類愛の一言を聞くとき忽ち《たちま》我国に於ける部落問題に思い到らざるをえない、今や部落民自ら起って解放運動の第一線に立っている。これは幾百年間か圧迫と迫害に絶え兼ねた幾百万人の霊魂の躍動に外ならない。実に人道上の問題として如断《じょだん》深刻なるものはないであろう。外国人が日本の社会を観察し真の国情を研究せんとするならば恐らくはこの部落問題を除外する事はできないだろう、しかしこの問題に就いての外人の著述は極めて稀れである、次の一文は前日本駐在英国大使館書記官〝Lord Redesdale〟の著『Tales of Old Japan』中の一文である。

我国においては『おこよ源三郎』として有名な物語りを部落問題を中心として観察し描写している。徳川時代に於ていかに猛烈に部落民が迫害されたかを知る事ができると思う。もちろん事情をあまりに充分に知り過ぎている日本人の目から見れば外人の観察と描写とに物足りなきを感ずるであろう。しかし外人がいかに部落問題を解釈しているかを知る材料としてかなりの意義は存在すると思う、原著中の人名に我国の物語りにある人名と多少違ったのがあるが著書の権威のためそのままにして訳しておいた事を断っておく。(訳者)

一

今より約二百年の昔、座光寺源三郎《ざこうじげんざぶろう》という旗本が江戸の本所《ほんじょ》というところに住んでいた。彼は二十四、五歳でしかも非常な好男子であった。彼は公務のため登城するに必ず吾妻橋《あづまばし》を通って行っていた。その橋で不思議なでき事が彼の身に起ったのであった。

毎日吾妻橋に出かけて行って通行人のワラジの修繕をして生活の資を稼いでいた一人のエタがおった。いつでも源三郎が吾妻橋を通るとそのエタは彼に挨拶をしました。源三郎はむしろこれを不思議に思っていた。しかるにある日源三郎は家来を一人をも連れないで吾妻橋に通りかかったところが彼の雪駄の紐がプッツリ切れた。彼は大変困ったが、いつも彼に挨拶するエタの事を思い出しまして、彼の常に座っている場所に行き、そして雪駄を繕ろう様命じながらいった。「お前はなぜ拙者がこの橋を通るたびごとにあんなに丁寧に挨拶するのだ」と。これを聞いてエタは極まり悪そうにしてしばらく黙っていたが遂に勇気を出して彼は源三郎にいった。「お言葉をいただきまして恐縮至極に存じます、私はもと植木屋でございました。そして殿様のお屋敷にお出入を許されて庭木の刈込手入《かりこみていれ》に参っていました者でございます。その当時殿様には未だご幼少でいられました。私もわずかに子ども離れした時分でした。私は殿様のお遊び相手をいたして大変御親切にしていただいていました長吉《ちょうきち》でございます。その時分から私は段々と放蕩に身を持ち崩しまして次第次第にご覧の通りの卑しき身分となりました。」

この物語りを聞いて源三郎は非常に驚き、古き遊び相手に対して同情の念がむらむらと起って参り、そしていった。「なるほどお前は落ちぶれたな、しかしこの上は忍耐して今お前が落込んでいる階級から逃れ出る様に努力して以前の植木屋になるのが一番大切だ。これは少しだが取っておけ。これを基として稼ぐがよい」といいながら源三郎は十両彼の財布から取り出し長吉に渡した。長吉は始めは辞退したが無理に押付けられて感謝して受取った。

源三郎が立ち去らんとした時二人の女太夫がやって来た。そして長五郎《ちょうごろう》と話しをした。源三郎は二人の女が何物であるかとふり返ってながめた。独りは二十歳くらい、他は十六歳くらいの素的に美しい女であった。そして肥《ふと》からず細からず、高からず低からず、顔の形は西瓜《すいか》の種の様に楕円で、顔色は奇麗で白く、眼は細く面もパッチリとしている。歯は小さく、平たく、鼻は鷲のごとく、口は優美で愛らしく、紅いクチビルをもっていた。マツゲは長く美しく、そして沢山な黒い長い髪をもっていた。柔かい美しい声で丁寧に話し、笑う時には二ツの愛らしいエクボが頬に出、全ての動作は静かで上品であった。源三郎は一目みて恍惚となった。女も立派な源三郎を見て同様に恋慕の情が起った。側《そば》にいた女は二人が互《たがい》に恍惚としているのを知って、できるだけ速く女を連れて行き去った。

源三郎はボットしたまま、長吉に向い「お前は今来た女等と知り合いか」と尋ねた。長吉は「お殿様、あれは私等の二人の娘です、年上のがお熊《くま》といい、十五、六歳の小娘がお古代《こよ》というのでございます。あの娘は喜八《きはち》というエタの頭の子どもです。あの娘は非常に美しい上に上品ですから私共の仲間で誉めそやす評判が高いのでございます」と答えた、源三郎はこれを聞いてしばらく思いに耽って黙っていたが、長吉に向い「拙者は汝に少し頼みがあるがお前はなんでも拙者のいう事を聞いてくれる気があるか」といった。長吉はいかなる事でもできる事ならいたしますと答えた。そこで源三郎はニッコリしていった。「拙者はお前に一つ頼みがある。しかしここは通行人も多いから拙者はこれから花川戸《はなかわど》のお茶屋に行って待っているから、お前は用事が済んだらどうか来てくれ、それから話すであろう」といい遺してお茶屋へと行った。

長吉は仕事を終え、着物を着替えてお茶屋へと急ぎ行き、二階で待っていた源三郎を訪ねた。長吉は二階に上り、さきほど貰った金のお礼をいった、源三郎はニッコリして盃《さかずき》を取って彼に酒を勧めながら「拙者がお前に頼みたいと思っている事を話すが、実は今日拙者が吾妻橋にて会いし娘、お古代、あれに拙者はゾッコン思いをかけている、どうだ二人会う様に尽力して貰えないか」といった。長吉はこの言葉を聞いて驚き。恐怖を感じ、しばらく黙って返事をする事はできなかった。が、遂に彼はいった。「お殿様、私は色々とご恩をこうむっています、何事でも殿様の御《おん》ためならいたします。もしあの娘が普通の人の娘なら私は天地に誓って殿様のお望みをお遂げいたさせましょう。しかし立派な尊い旗本の名誉のためエタの娘をお妾にする事は誤りでございます。少し金さえお出しになれば江戸中で一番立派な女でも手に入れる事ができるのであります。どうかこのたびのお考えは思い止まってくださいませ」と。これを聞いて源三郎は怒り「拙者に忠告とは何事だ拙者はあの娘を手に入れる事を頼んでいるのだ、是非意に従え」といった。長吉はいかほど止めても結局駄目だと思ったので、いかにして源三郎とお古代とを会わそうかという事に思いを巡ぐらして答えた。「無遠慮に申上げまして誠に恐縮に存じます。私は喜八の家に行き、そしてあの娘を殿様の許にお連れ申すよう、できるだけ努みます、しかし今日はもう遅くあり夜も近づきましたで、明日参りまして娘の父に話しをいたします」と、源三郎は長吉が進んで彼のために働いてくれるのを見て喜んだ。そして「そうか、では明後日拙者は王子《おうじ》の茶屋で待っているで、お古代をここに連れて来てくれ、これは少しだが取っておけ、どうか万事頼むぞ」といいながら財布から金三両を取り出し長吉に渡した。長吉は既に沢山頂いているからこの上はちょうだいすることはできないと辞退した。しかし源三郎は無理に押付け、思いが遂げられたらまだまだ沢山お礼をすると付け加えていった。そこで長吉は身にふりかかった幸福に打ち喜んで心の内で種々と計画を思いめぐらし始めた。それから二人は別れた。

一方吾妻橋で源三郎を一目見て恋慕の情に燃えているお古代は、家に帰ってからも彼の事ばかり思いつめていた。悲しさと憂鬱とが彼女を襲った。お熊はあらゆる方法でお古代を慰めた。お古代が彼の事を考えれば考えるほど、ますますエタの娘であるからして立派な旗本とは釣合わないという事を知った。それにもかかわらず、お古代は源三郎の事を思い苦しみ、自分の卑しい身分を悲しみ嘆いた。

たまたまお熊は長吉と恋仲であった。彼の事を思い、彼の事を話してばかりいた。長吉がエタ頭の喜八の家に訪ねて行った時、彼が来たのを見てお熊は大喜びであった。大変丁寧にもてなした。長吉は女を遮りながら、「お熊、俺はお前に尋ねたい事があるのだが、お古代はどこに遊びに行ったか」というと、お熊は「先日吾妻橋で貴方とお話していられたあのお侍をご存じでしょう。お古代さんはあの方を一生懸命に思い込んでいます。そして気分が悪くて起きられないと申しています」と答えた。長吉はこれを聞いて大喜びでお熊にいった。「なんという喜はしい事だろう。お古代が恋こがれているお侍はお古代にゾッコン惚れ込んでいるのだ。そして俺にこの事を円《まる》くまとめるようご依頼があったのだ。けれどもあのお方は立派な旗本である、もしこの事が世間に知れ渡ったならご一家は断絶だ。吾々はできる限り秘密にせねばならない」と。お熊は「承知いたしました。お古代さんが聞いたならどんなに喜ぶ事でしょう。すぐ行って聞かせてやらねばなりません」という。「待て」と長吉はお熊を引き留めて「もしあの娘の父の喜八さんが承諾ならすぐにお古代にいおう。俺が彼に相談するまでしばらくここで待つがよかろう」といい残して長吉は喜八に会うために奥の間に通った。そして世間話しをした後で、源三郎がいかにお古代に烈しく愛慕しているか、かつ彼の媒介人に依頼した事を話した。長吉が源三郎の屋敷に住み、境遇のよかった時分、いかに彼から親切を受けた事、フトした事で源三郎とお古代が互に知り合った事を話した。喜八はこの話しを聞いて大変自惚《うぬぼ》れて「色々お世話になりましてありがとうございます、普通の人でさえエタとして侮蔑視し、忌《い》みる娘が、立派な旗本の旦那のお妾として選らばれるとは実にこの上なき慶び事でございます」といった。それから喜八は長吉にご馳走を出し、ただちにお古代にこの事を告げに行った。

二

娘に至っては身も世も持てぬ程思い込んでいたのだから、求められた事に娘の承諾を得るのに何の苦もなかった。従って長吉は、次の日王子に恋人と一緒に行く用意ができたので、源三郎のところに行って吉報を告げようとした。しかしお古代は友達お熊が長吉を恋していることを知っており、もし長吉とお熊との恋を成立させたなら、源三郎と自分との事を他言はしまいと思った。そこで彼女はそうした行為でお熊の心を捕えようと試みた。遂に長吉はお熊の抱擁から離れて源三郎のところに帰り行き、間違いなくお古代を次の日王子まで源三郎に会すため連れ行くのに、いかに計画を巡らしたかを話した。源三郎は独りで待ち兼ねていたが、明日を待つ事にした。

あくる日、源三郎は用意をなし、長吉を連れ、王子の茶屋に行って酒を呑みながら恋人のやって来るのを待っていた。

一方お古代は意中の人にその日会うというので、半ば有頂天半ば恥しさで晴着を着飾って、お熊と一緒に王子に出かけた。その途中お古代の自然の美しさがイキナ着物のため増していたので、道行く人は皆なふり返って彼女を見、その美貌を誉めた。しばらくにして彼らは王子に着いた。そして約束の茶屋に行った。長吉は迎えに出て「さあお古代さん、お殿様はお待ち兼ねです、急いでお出でなさい」といった。しかし長吉がそういうにもかかわらず、お古代は処女としての慎み深さのため入って行く事はできなかった。あんまり堅苦しくなかったお熊は「お古代さんどうなすったの、ここまで来た以上は恥しそうにしたって駄目ではありませんか、さあ私と一緒に御出でなさい」といいながら無理にお古代の手を取って部屋の中に引っ張り込み、源三郎の側に座わらせた。源三郎はお古代がいかに慎み深きかを見て女の気を安心させるため「なぜそんなに畏れるのだ、どうか少し近くよってくれ」という。お古代は「ありがとうございます。けれど私は卑しい者ですもの、どうして参れましょう。お側に座りますれば貴方様の汚れになりますもの」と答う。彼女は話す時にポット顔を赤らめた。源三郎が娘の顔を見れば見る程彼の目には益々美しく見えた。一層お古代の愛嬌は彼の心を奪った。そうこうしている間に彼は酒肴を命じ四人一緒に宴を開いた。長吉とお熊は頃を見計って別室に退いた。そこで源三郎とお古代とは二人だけになった。二人は互に顔を見合せ、源三郎は笑いながら「今少し近うよらないか」といえばお古代は「ありがとうございますけれど恐れ多くて」と答う。源三郎はお古代がつまらない事に遠慮しているのを見て笑いながら「嫌っている様な風をするものではないぞ」。お古代「エー私は決して嫌ってはいません、そりゃあんまりですわ。私は吾妻橋で始めてお目にかかった時既に貴方に対する愛は生じました、心いっぱいで憧れていました。しかし私が卑しい身分である事を知っており、到底釣り合わぬ事なので、私は諦めようと努めました。けれども私はまだ若く経験もありませんものですから貴方の事を思わずにはいられません、しかもただ貴方一人なのです。そうしているところに長吉さんが参り、貴方が私についてお話しになった事を聞かせてくださいました。心では喜びながらも夢のような幸福だと思いました」。こう話している時に羞《はずか》しそうにコワゴワとしていた。

源三郎はお古代の美しさに幻惑するばかりであったが「お前は賢い娘だ、きっと立派な若い恋人があるのだろう。だから近くよって酒を呑む事ができないのだろう、ウーそうではないのか」

「貴方の様な立派なお方はお宅にはキット美しい奥方がいらっしゃるでしょう、貴方が大変立派だからもちろんどんな美しいご婦人にでも愛されるでじょう」

「笑談をいうな、お前は仲々おへつらいが上手だ、お前のような美しい小女は全ての人を恍惚させた事だろう、まあ小さい妖婦だな」

「そんな事はつまらぬ娘にはできませんわ、私のような哀れな者と誰が恋になると思う人がありましょう、どうか貴方の愛人の事をお聞かせくださいませ、非常に聞きたいと思っていました」

「馬鹿をいえ、拙者は美人に頭を用いる様な者ではないぞ、しかしこれは真実だが、結婚したいと思う人が誰か一人あるのだ」

これを聞いてお古代は嫉妬の情が起り、「アアその人はどんなに幸福でしょう、どうか全部お話しくださいませ」といった。嫉妬の怨みが女を襲った、そして大変不愉快にした。源三郎は笑いながら「オオその人は誰れでもない、お前自身だ」といいながら彼は指で女のホホのエクボをソット叩いた。お古代は嬉しさのあまりしばらく物もいう事ができなかった。遂に彼女は源三郎の方に向い、そしていった「貴方は今お話しになった事が私の心の非常な望みであるという事をお存知になって私を弄びなさるのでしょう。できる事なら下女としてでも、どんなに卑しくても、どんな仕事でもして貴方の御座敷に入れていただける事がかなうなら、私は貴方の立派なお顔を見て毎日楽しむでありましょう。」

源三郎は「お前は人をカツグのが賢こい事だと思っている様だな。少しは拙者をジラスものだよ」といいながらお古代の手を取って側に引きよせた。お古代は再び顔を赤らめて「ちょっと待ってください、滑り戸を閉めるまで」

「お古代、聞け、拙者は今なした約束は決して忘れはせぬぞ、お前を傷つける事を心配するな、どうか拙者を欺かないようにしてくれ」

「もちろんですわ、心配はむしろ、貴方が他の人に思を懸けはせぬかという事です、私は現代的の女ではございませんけれど、どうかお同情くだすって、永く深く愛してくださいませ」

「もとよりお前以外の者に心はとめない」

「どうか今のお言葉を忘れないでいてください」

「夜も更けたで今夜は別れねばならない、しかしこの茶屋で再び会う手配を致しておこう、一緒にここを去ったら人々が注意するから拙者が先に出て行く」といった。そこで彼らは不本意ながら、源三郎はわが家へ、お古代も自分の宅にと帰った。

女の心は焦れ慕っていた人を得たので喜びに満ち満ちた。そしてその日から例の茶屋で毎日の様に密かに会った。源三郎は夢中になって、この事が確かにしばらくにして世に知れ渡り、彼自らは流刑となり、一家は断絶になるという事を決して思わなかった。彼はただ瞬間的な享楽に耽った

源三郎とお古代とを会わすように取りもった長吉は、王子の茶屋にお古代を連れて毎日の様に行った。そして源三郎はこうした密会の楽しさに、彼の役目をすっかり等閑《とうかん》にしてしまった。長吉はこれを非常に遺憾に思い、もし源三郎が快楽に浮身をやつし役目を離れているならば、この秘密は確かに公になるであろう。そして源三郎自らと一家は滅亡に陥るであろうと、自ら考えた。そこで彼は二人を別れさす様な計画を工夫し始めた。彼が初め彼らを互に紹介したと同じく、二人を遠ざけるため熱心に謀《はか》った。遂に彼を満足さす策略が思い浮んだ。そこである日彼はお古代の家に行き、彼女の父喜八に会っていった。

「私は貴殿に悲しいお便りを申上げますが、源三郎の殿様のお家庭では殿様が貴殿の娘と関係を続けておられ、万一その事が世の中に知れ渡ったなら一家全滅になるので、大変に不平をいっておられます。そこで家庭のお方は源三郎殿が道理を聞きわけ、関係を絶つように感動を与えるため努めました。

殿様は深く深く娘さんの事を思っておられます。しかしそのため全家族を犠牲にする事はできません、殿様は自らなされし事の愚かさに気が付いて始めて後悔なされ、そして私を関係を絶つ事に就いて尽力する様御依頼がありました。もちろんこの事は私を驚かしました。しかしもっともな道理なので反対申す事もできませんのでお言葉に従いますとお約束する外に道がなかったのです。そのお約束により御別れいたさせていただくためにやって参りました、そんな訳ですからどうか御娘さんに今後源三郎殿の事を思い切ってくださるようご忠告ください」

喜八は之を聞いて驚きかつ苦しんだ。そしてただちにお古代に告げた。お古代は悲しき知らせに飲み食いさえする気もなくなり陰鬱と寂しさとに襲われた。

しばらくして長吉は源三郎の屋敷に行きお古代が急病になったので、会いに行く事ができないのでどうか全快のお知らせをいたすまで辛抱してくださいと頼んだという事を告げた。源三郎はこの話が嘘だとは夢にも思わなかったので三十日間も待った。しかるに長吉はお古代の吉報をもたらさなかった。遂に彼は長吉に会ってお古代に会わしてくれと懇願した。長吉は「殿様あの娘はまだ全快いたしません。ですからお会わせするためお連れいたす事は困難でございます。しかし私は非常にこの事に就いて考えています、万一この事が世間に知られたなら殿様のご一家は断絶に陥る事と思われます、どうか殿様お古代の事はすっかりお忘れくださいませ」

源三郎は「お前が忠告してくれるのはもっともな事だ、しかし一旦お古代と関係を結んだ以上は見捨てる事は可愛相な哀れな事だ、それだから今一度会わしてくれと頼んでいるのじゃ」といった。しかし長吉はどうしても承諾しなかったそこで源三郎は家に帰った。その時から毎日長吉にお古代を連れて来てくれと懇願した、しかし返事には忠告以外の何物をも受けなかった。そこで彼は大変悲しい、寂しい思いをした。

穢多《えた》町の娘

吉岡文二郎《よしおかぶんじろう》

「岡町《おかちょう》が通るよ、岡町がさ。」

眼ひき袖ひき花見連《はなみづれ》の娘たちはこう囁《ささや》いた。

隅田川《すみだがわ》の堤に沿って咲く花は、上流に遡るに従って絢爛たる桜の隧道《トンネル》を作り、その雑踏、名状しがたく、知り合いの人も誰《だ》れが誰れやらはっきりと見分けがつかぬくらいであるを、チラと小耳に挟んだ「岡町」なる言葉は容易に忘れるべくもない。

豊子《とよこ》はまた例の癇癪《かんしゃく》をおこして兄を困らし始めた。聞かぬ気の彼女は兄を置いてきぼりに一人さっさと人垣を潜《くぐ》って、堤を足早に歩き出したのである。

竹屋の渡しの先きなる茶店の前まで来ると、そこに休んで酒を呑んでいた男がいきなり、

「あと美《(ママ)》い《い》女だな。」

と叫んだに、平日《いつも》ならば機嫌の直るはずを今のむしゃくしゃ紛れ、その讃《ほ》めた男の顔をグッと睨《にら》み返えしたほどである。

金紗縮緬《きんさちりめん》の羽織に高島田という純下町風の娘の、夕日に翳《かざ》した白い手指に嵌められたダイヤ入りの白金の指輪は燐としてあたりを払った目映《まばゆ》さである。

抜けるような色白の細面《ほそおもて》、キリッとした眉に少し剣《(ママ)》があるが口許《くちもと》から鼻、顎にかけて水の垂れる様な器量であったので摺違《すりちが》う女も男も、振り返って豊子を見ねばおかなかった。

きりょう自慢の豊子が「岡町だ、岡町だ」といわれるくらい、癪にさわることはなかった。去年の

暮、店を継いだ兄は素直な、腰の卑《ひく》い人であるから自分程あたりの事情に逆らわず、さしたる奎角《けいかく》もなく円満に世間を渡って、外見はすこしの不平も懐かぬ様子であるが、豊子はそれが歯痒《はがゆ》くていつも兄に当たり散らすのである。

「そんなことを思ったたって仕様がないじゃないか。気を大きくお持ち、気を大きくお持ち。」と慰めるのが兄の常套語でもある。

この様に練《ね》れた兄にしてからが、親父の臨終に臨んで長々とした遺言を聞いたときは、さすがに切《せっ》歯扼腕《しやくわん》してどんなに口惜しがったことであろう！　あの時の思いを忘れなければ、今の様に平気で一日一日と過ごしていられるはずがない。

「世間の人は私達を団結心が強くて自分たちの外《ほか》のことは何も考えていないというが、決して私達はそうではないのである。それはここの土地は元弾左衛門《だんざえもん》の囲い地で、その配下《てした》の者達が寄集り獣皮《かわ》を剥いで色々の物を作って営業《なりわい》としていたので、自然同商売の者が集まって来たのでご維新頃は新町《しんまち》といっていたが、その後亀岡町《かめおかちょう》と呼ぶようになったので、ここに住む私達を『岡町、岡町』と軽蔑して非人《ひにん》、穢多——犬猫同様な取り扱いを受けたのである。」

団結は世間の迫害に対してやむをえぬ対応策である。

「けれどけれど宗之助《しょうのすけ》や、よくお聞き。」

と父は兄の名を呼んで長々しい家系の話をし出したのである。

いわゆる非人の先祖と目されているのは摂州池田《せっしゅういけだ》の弾左衛門のことである。弾左衛門は鎌倉幕府の頃出《い》でて源頼朝《みなもとのよりとも》に事《つか》え、長吏《ちょうり》以下を支配すべき証書を賜わった。その子孫が江戸に来て天正十八年徳川《とくがわ》氏御入国の際、やはり許されて元のごとく配下を治めていた。

今の浅草鳥越猿屋町《あさくさとりごえさるやちょう》は、もと彼の地内で配下のうちに猿曳《さるひき》を業《ぎょう》とする者が多かったのでその由来をなした。猿曳は猿を背負い編笠をかぶって市中の家々を訪《と》い鳥目《ちょうもく》や米を乞うのである。享保四年に浅草弾左衛門が町奉行所へ書出した由緒書によると、彼らは禁中の花畑を掃除して拝領物にあずかったこと、京都二条《きょうとにじょう》の城の掃除を長吏下村庄助《しもむらしょうすけ》がお受けして、百五十石をちょうだいしたこと、紺屋の上《うわ》まい取をしたこと、牢守《ろうしゅ》などを勤めた先祖もあった。

これも著るしき功績は徳川氏御入国の際、御馬の足が痛んだ時、踏摺革《ふみすりかわ》を献上して馬の痛み所平癒祈祷のため、猿曳をおたずねにより長吏は配下の猿曳を召《めし》つれ罷出《まかりい》て病馬快癒して褒美をちょうだいした。その例により毎年正月十一日には御城《ごじょう》の御厩《おうまや》から御判ちょうだい、御台所で鳥目ちょうだいしていた。(病馬平癒に猿を用いることは捜神記《そうじんき》に西土《さいど》で趙固《ちょうこ》の乗馬死せるを郭璞《かくはく》が教によって猴《こう》をして死馬の鼻を呼吸さしたに死馬即ち起たりという古事からで、これが厩に猿を繋ぐことの濫觴《はじめ》である)

九十七、八年以前には御城様《ごじょうさま》の御台所へ召出され、灯心細工をして扶持方をいただいたこと、時々太鼓、陣太鼓御用、皮細工物の御役目を勤めたこと。御厩へ御用次第御伴綱《おともづな》を差出したこと。御仕置者一件の御役を承ったこと。また六十年以前、磔《はりつけ》三人あった節御奉来下しおかれて、検死まで弾左衛門先祖が仰付けられたが、丸橋忠弥《まるはしちゅうや》が品川《しながわ》で磔刑に処せられた時は色々のお勤めをして、石谷将《いしやしょう》監《げん》様より金子《きんし》をちょうだいしたこと、なおお尋ね者を召捕ったこと磔槍《けいそう》を下附《かふ》されたこと……。

こうして弾左衛門は先祖の時から皮類の御用、御尋ね御仕置者一件、御伝馬《てんま》役、御召馬の斃死《へいし》を埋める人足を差出したこと、牢屋焼失の際、囚人を移すことに力を致したことなど彼の支配で行って来たので、代々その勢力は偉大なものであった。

むかしの新町、今、亀岡町の別城《べつじょう》、大縄地《おおなわち》といって一郭をなし郭内にあっては弾左衛門は諸大名のごとく権威あり、外出の節の(ママ)町を制して通行したという。

慶応四年正月、幕府は特旨《とくし》をもって彼を平人《へいにん》に引き上げ弾内記《だんなおき》の新氏名を名のらせ、ひいてその配下六十余戸をも平人とした。

配下《てした》のうちにはその先祖が佐竹家の家老であった車善七《くるまぜんしち》などいう強勢な者がいた。彼は元、丹波《たんば》守《のかみ》といい、その部下を乞食の中へ入れて徳川家康《いえやす》を刺さんと企てたが果さず、乞食の頭となり浅草溜《たまり》にいた。溜は今の象潟町《きさかたちょう》の西、浅草田甫《たんぼ》、平屋牛肉店のあたりにあった。

貞享四年三月二十六日北条安房守《ほうじょうあわのかみ》より目玉権兵衛《めだまごんべえ》はだかり安兵衛《やすべえ》という二人の悪党が、非人頭の車善七へ預けられ、同年五月二十日、甲斐庄飛騨守《かいしょうひだのかみ》より、いせ五郎兵衛《ごろべえ》という罪人を預かった。この時は全く非人小屋中に入置いたがその後次第に預人《あづけにん》が多く元禄二十年七月、上《あが》り畑地で二十四間に四十五間の地所を賜わり一の溜、二の溜と二棟の長屋を建てた。これがその溜りの始である。溜りの結構は、享保十年善七の書上に明かである。

溜りは長屋作りで惣板敷に畳を敷き、竈《いろり》も据え夜中《やちゅう》は有明を所々に置いた。そして昼夜とも煮焼をした。湯茶、煙草、薬など自由に服することができ、寒さの時は焚火《たきび》をなし、風呂の設備もあった。牢屋とはちがって格子一重で晴々として吹貫きであったから悪い臭気などはなかった。その上囲内《かこいうち》の庭へも出られるから牢内とは違い囚人のためになら、病人などの養生には溜の方がよかった。それでよく囚人の病人は溜に移されたがその後悪弊があったので廃された。その後、無宿《むしゅく》とか行き倒れ病人などを置いた。

この車善七は強勢のため、享保七年に長吏弾左衛門の配下でないことを訴えたが敗訴したのでやはり、彼は弾左衛門の配下に属し、非人支配を司っていた。

＊　＊　＊

病父は重い頭を枕から心持ちもたげて、遺言をつづけるのである。

「けれど宗之助や、私の宅は今でこそ弾左衛門の手下だとか、新平《しんぺい》だとか、穢多だとか悪口《あっこう》をいわれているけれど、ようくお聞き、実は私の先祖は弾左衛門の配下でもなければ穢多の系統でも何でもないのだよ。現に私は普通の人である、いや、普通どころかお父さんは立派な士族の家柄の出であるのだよ」

　初めて聞いた真の家系に宗之助はハッと思った。宗之助より妹の豊子は躍り上がって瀕死の父の枕許に仄白い顔を摺寄せてやつぎ早にこう訊くのであった。

「ああ悦《うれ》しい、父さんは士族？　ほんとうね、そして母さんは？」

「母さんも穢多ではない――いままで私は何もいわなかった。この町でそんなことをいったって真実とするものもなし、いまさら初まりもしないから、生中《なまなか》、そんなことをいわぬ方がいいくらいであるのだ。」

　いままで黙然として聞いていた宗之助はこの時吃《ども》りながら、

「でもお父さん、口惜しいじゃありませんか、穢多でもないものを穢多といわれて私は辛棒《しんぼう》ができません。」

　きっとなって宗之助は病父に食ってかかった。父の頭を氷嚢でしきりに冷していた母親は、涙を堪えている両眼をあげて、力《りき》みかえっている倅《せがれ》を制しつつ、

「お前の怒るのも無理はない、けれど、お父さんのいうことを終いまでお聞きなさい。」

「だって母さん。」

　と豊子は可愛いその顔を脹らし出した。

「豊子、お父さんがおっしゃってしまうまで黙っておいで。」

母親は片方の手を娘の肩に置いてやや宥《なだ》め加減に声を下げた。

病み衰えた父親は眼を細目にあげて倅の方を見た、細い然し力ある声で惻々《そくそく》と語りつづけるのである。

「宗之助やよくお聞き、私が亀岡町に居つく様になったのはもう今から三、四十年前のことである。その時のことを思えば私は新平といわれようが穢多と罵られようが平気であるどころか、むしろそれを得意としたくらいである。」

「穢多でもないのに穢多と呼ばれて何が得意なの?」

豊子はきっと病父を見入った。水になっても氷を入れかえることを忘れた氷嚢を父の頭の上に置いた上を押さえていた母親は、また豊子を制しないわけにはいかなかった。

「また豊子、なんて大きな声をなさる、お父さんのお頭《つむり》に響きますよ。」

「だってあんまりなんですもの。」

痰のからむ咽喉《のど》を咳払いして、父は豊子の騒ぐのを知らぬ風に倅に話をつづけている。

「宗之助や、お前、叔父さんのお顔を覚えているかい?」

「あ、亡くなった厳念寺《ごんねんじ》の叔父さんでしょう、知っています。」

「そうか、あれはお母さんの兄だった、私達夫婦はあの兄のお蔭で今日こうして贅沢な暮しをしているのだから、お前達二人共叔父さんに感謝しなければならないのだよ。」

「その叔父さんがどうかして？」

豊子はいままでの話とはうって変り、急に自分達兄妹には馴染の薄い叔父のことを父がいい出したので不服でたまらない。けれど、二人の兄妹の家を語るにはこの叔父のことを話さねばならぬのである。いったい彼ら兄妹の家は山谷堀の堀川にのぞむ大きな店舗を構えた南部屋太郎兵衛《なんぶやたろべえ》という界隈きっての大きな楽器店である。太鼓、楽器、毛皮を商いとする仲間の中で兄妹の家くらい、立派な家はたくさんはない。

入口が広い土間になって自転車が十数台も置かれてあり、上《あが》れば青畳の上に大きな熊の皮が敷いてある。その横手の飾窓《ショーウインドウ》には金蒔絵の小鼓《こかわ》、大鼓《おおかわ》、瀟洒《しょうしゃ》な横笛――なお、南向の窓玻璃《まどがらす》を透して一日太陽の光が当って燦々《さんさん》と光を放っている獅子の総金歯は朱黒《しゅぐろ》の塗りに反映して一段の色彩を添えている。中にも折釘《おりくぎ》にかけ並ぶ精緻を極めた面の数々――天狗、般若《はんにゃ》、彦徳《ひことく》、狐、翁《おきな》の面、呆《とぼ》けた様子をしている烏天狗の顎のあたりから房々と垂れた赤黒い毛は、真実、烏天狗から剥《はぎ》とった毛であろうかとも覚えられる。白狐《ひゃっこ》の面の白毛も妖狐を射て製したかと疑われる。これらの面の掛っている下の間《ま》には、高価な虎や豹《ひょう》の皮、あるいは高貴な貂《てん》の皮などが房々と暖かそうに置かれてある。一度、この飾窓に立掛けてある横笛を吹き、小鼓を敲《たた》けば、これらの面は横たわれる豹や虎、貂の毛皮の上で皆踊り出すように待かまえているくらい、生気溌剌とでもいいたいくらいに生きた微妙な細工が施されている。

こうした店の持主である父の太郎兵衛は、わずか三、四年前までは妻の兄の寄人《かかりうど》に過ぎなかったのである。

太郎兵衛の兄は松村力三郎《まつむらりきさぶろう》といって、旗本上りの僧侶（というもちょっとおかしいが）であった。当時の旗本は大抵道楽者であったが、松村はそうではなかった。「読書真楽《しんらく》」と認められた扁額《へんがく》を自分の居間にかけ、書見にその日を送っていたが、ある日のこと手入手入屋《でいでいや》が菅笠《すげかさ》真深にかぶって割下《わりげ》水《すい》なる自宅の窓下を通行したのを呼込み、雪駄を直させていたが、その手入手入屋の俤《おもかげ》がいかにも自分の亡き父を彷彿とさせるので、変り者の松村は手入手入屋を呼びこんで彼らの仲間うちの話を聞いていた。

手入手入屋は新町から来た。彼らの住う町は、下駄草履や爪皮《つまかわ》や靴などを商う店が櫛比《しっぴ》して、彼のごとき貧者は手入手入屋となり、諸方をながして生活の費を得ていた。貧者のなかでは猿曳もいた。かかる輩《てあい》は皆無学で、少し立入った話になると何も知らなかった。自分らの先祖のことなど、てんで頭の中に置いていず、ただその日その日を暮らしている虫のごとき無心の者が多かった。この手入手入屋もそうした輩の一人たるを免かれなかった。もちろん手入手入屋は昔のことなどは知らなかったが、彼らの社会の生活や職業の話を順次に聞いているうちに松村の頭に浮かんで来るものは、その頃流行《はや》った流行唄《はやりうた》や、芝居、実録小説にあらわれてくる非人に関する巷談俗説である。彼は急に熱烈なる興味をもって、穢多非人に関する書を調べ出した。

調べれば調べるほど、これらの輩と普通人との哀れなる区画が、これらの者を絶望に導く一線である、しかもその一線は牢固として動かすべからず、不動不振、永久の区画線たることがわかって来ると同時に、油然《ゆぜん》として勃興し来たのは博大《はくだい》なる同情の心であった。

松村はいろいろのことを調べてみた。

山谷橋傍《さんやばしぼう》に散在した十二軒の猿回しのうち瀧口長太夫《たきぐちちょうだゆう》という猿曳が太夫元となって、浅草の奥山に小屋をしつらえ、猿の宙乗りなどをして客を呼んだ。猿が百日鬘《ひゃくにちかつら》をつけたり鎧を着たりしてなす猿芝居は滑稽であった。お染久松《そめひさまつ》のお染、お半長右衛門《はんちょうえもん》のお半のごとき艶麗《えんれい》な振袖姿の衣装をつけた顔は、ずいぶん見ものであった。

松村は子供の時、両国《りょうごく》の回向院《えこういん》で見た猿芝居のことを思い出した。日高川《ひだかがわ》の渡し場で清姫《きよひめ》になる猿が芸当の途中で頭を掻いて、銀簪《ぎんしん》のピカピカする花鬘《はながつら》を落して、坊主頭に耳が出たので、見物はドッと哄笑したのを覚えている。

彼はこんな猿芝居の濫觴《はじめ》を思いだすと、猿廻しの昔のことを調べた。加賀源太夫《かがげんだゆう》という越後の猿引《さるひき》頭《がしら》が配下の猿曳達を率いて江戸に来て、徳川氏の廏舎で病馬平癒を祈祷し、功績があって浅草猿屋町を給せられた。縁起もののこの猿曳猿廻しに加えて、正月の初めに来る鳥追《とりおい》――それには彼と同じ旗本の座光寺源三郎《ざこうじげんざぶろう》とおこよとの艶話《えんわ》があった。おこよ源三郎の仲を取持った長五郎《ちょうごろう》は雪駄直しであった。彼は新町の手入手入屋から実話をきき書物によりて彼らの生活を知ると共に、無知無学な彼らを教化したなら、現在のみじめな状態を幾分なりとも脱し得られるであろうと考えた。それには大変都合のいいことに、彼らの部落なる新町にある厳念寺《ごんなんじ》の住職はいささか自分の知《し》る辺《べ》であったので、用のない身体をこの厳念寺に住込んで、彼は読書きの塾を開き、新町の子どもを教え、夜毎に説教をして愚夫愚婦《ぐふぐふ》を向上さすることを自分の務めとした。

そのうちに老いた住職が厳念寺で大往生を遂げると、信用の厚かった松村は勧められるままここの新しい住持《じゅうじ》となった。これからの彼は読書と教化に一身を托して穢多町のために尽くした。

この時、宗之助、豊子の父なる太郎兵衛は、士族の商売に失敗して厳念寺に転がりこんだ。が、寺は賑やかに人手をも要したので、三年四年といつの間にか過ぎていった。

新町の亀岡町は一丁目から三丁目まで、鼻緒《はなお》の原料、雪駄の裏皮、爪《つま》かけ、獣皮、太鼓などを売る家並に富有《ふゆう》であったので厳念寺に入る金も莫大であった。

ところが松村の驚いたことには、自分の天職とさえ思って穢多村の教化に一身を献げていった彼は、誰いうともなく今戸界隈の者達が「岡町、岡町」と呼ぶ様になったことである。

厳念寺の住職は町の信用が厚く、集会ごとに引っぱり出されて、何でも松村に相談をした。一にも住職、二にも住職と、この社会の信任を得るに従って、彼は穢多の棟梁弾左衛門の格式をも得るような勢力になった。

「厳念寺の住職も自分達と同じ仲間だ。」

亀岡町の者は皆、いつの頃からかそう思うようになった。これを知った時、住職はハッと思った。けれども彼には覚悟があった。じっとこらえてもう穢多になりすましていた。

が、小さい兄妹の子供を持っている自分の妹——太郎兵衛の妻——のことを考えると可哀想な気がしたので、ある夜、人の居ない時、妹をよんで若干の金をさしだし、「この土地を離れて、人の知らぬところに行って、何か商売をする様に太郎さんに話しなさい。」

太郎兵衛夫婦は永年世話になった兄の寺を出た。ここに士族の商売から元も子もなくした太郎兵衛は、こんどは兄の尻押しで数百金を資本に京橋入船町《きょうばしいりふねちょう》に酒店《さかみせ》を開いた。

二人は一心に稼いだので今は繁昌した。太郎兵衛の店は建増《たてまし》しなければならない機運に会した。多くの奉公人、すくすくと育ってゆく二人の兄妹の前途、まだ若かった妻、太郎兵衛は厳念寺の住持に感謝して、自己の幸福を享楽していた。

建増の普請はもうここ二、三日で、ひとまず大工の手を離れるという晩のことであった。

彼は近所の栄湯《さかえゆ》へ行って風呂の隅に漬って、入口とは後向きになっていると、出入の大工の金《きん》さんの声がするので挨拶をしようと思っていると、やがて金さんの知人《しりびと》が来たと見えて、

「今晩は。」

と金さんが挨拶している。

「お仕事はもうおかたづきですか?」

「酒屋のです？　あれァもう二、三日でさ。」

「お急がしいことですな。」

「何、やくざ仕事で、から仕様がねぇんでさ。」

「でも太郎兵衛さんとこあ富貴《ふっき》で、よく心づけがあるというじゃないですか？」

「へえ……評判ばかりでさ、吝嗇《けち》で駄目なんでさ。根がお前さん、穢多ですからね。」

「へーエ？、穢多なんですか？」

ここまで話を聞くと均しく太郎兵衛は水を浴びせられた様に慄《ぞっ》とした。危うく湯槽《ゆぶね》の中に倒れ込もうとしたのを、かくては大変と、刹那に気を取り直して濡れた身体をろくろく拭いもせず、家《うち》へかえって来た。

「おてる！　万事だめだ、みんな駄目だ、やっぱり俺達は穢多が性にあっているんだ。」

彼は手拭を畳の上にバタリと落として嘆息した。

「何です？　あなた。」

「何でもないさ、今湯屋で大工の金さんの話で、今の今までここでは俺達が穢多だとはわからないと思っていたら、すっかり知っていたのがわかったのだ。」

建増した木の香のする新しい柱につかまって鬼ごっこをしている兄妹を母親は見やったが、

「ああそうですか、子供達には可哀想だが、やっぱり私達は穢多となり了《おわ》せるよりほか仕様がないでしょうね。」

夫婦はその晩、寝ずに話しあったが結局、どこへ行っても穢多だといわれるくらいなら、自分達の力になる厳念寺の兄に近い亀岡町へ移転するがいいと相談一決する頃は、はや白々と夜があけていた。初め兄妹二人のためを思って母親は「上方《かみかた》へでも行きましょうか」と夫をすすめたが、諦めた太郎兵衛は、

「どこへいくも同じことだ。穢多といわれたって何恥かしいことがあろう、現にお前の兄もそういわれるようになったのではないか、私達だけいい子になったたって仕様がないよ。」

夫婦はついに覚悟をきめ、建増したほど繁昌した店を惜気もなく畳んで、亀岡町の兄の寺に帰って行った。

「ああそうか、私達は結局、亀岡町の方が気楽でいいさ。」

兄はこのほか何もいわなかった。太郎兵衛はもう穢多でいいと思った。本の素性が士族であるなどとは曖《おくび》にも出さなかった。死ぬまで兄の厄介になるでもあるまいと、山谷堀にのぞむところに一軒家を借り、こんどは皮を商う真実《ほんとう》の穢多の商売を初めたのである。兄を背景に控えた彼の店は拡張に拡張をして発展し、最近十年間の南部屋太郎兵衛楽器店は同業の垂涎《すいぜん》の的となっている。

その太郎兵衛は今死のうとしている。枕辺には忠実な糟糠《そうこう》の妻おてると嗣子《しし》の宗之助、長女の豊子が看護している。

太郎兵衛は弱る言葉を励して、

「宗之助や、よく解ったかい、お前達は決して穢多だといって何も恥かしがることはないのだよ、もう今の世の中は心がけ一つで立派な人にもなれば非人にもなるのだよ、ね、何恥かしいことがあろう。」

南部屋楽器店の老主人は死んだ。おとなしい宗之助は父の遺言通り家を嗣いで、たとえ心に不満はあろうとも何等不足を語らずに商売をしていたが、勝気な豊子は父の臨終に自分達が真実の新平民でないということを聞いてからは、ツケツケしい態度をするようになった。

母は見るに見兼ねて時々小言はいうものの、人一倍きりょうよしに生れ、山谷の小町娘とさえいわれる豊子がもし穢多の血統でなかったら――真実そうであるのだが――どんなにこの娘をもった自分も幅がきくだろう、それにひきかえ豊子は穢多の娘だといわれることが、どんなに肩身のせまい思いをするだろうと娘の心を思いやり、わがままいっぱいに育てた寵娘《まなむすめ》のことと見て見ぬ振りの、勝手気ままに振る舞わせていた。

今日は正月六日で吉例のお弾き初めというので、花川戸の杵屋六千代《きねやろくちよ》の家は朝から派出な浅草の芸《げい》妓《ぎ》雛妓《おしゃく》に立ち交って、素人の大商店の娘どもは長い振袖、裾模様に塗下駄の音も軽やかに、磨き格子を開ければチリリンと可愛い鈴の音が聞こえて障子のうちには早、香水、脂粉《しふん》の香が漂う艶《えん》な人々が立ったり座ったりする衣摺《きぬず》れの音が艶《なま》めかしい。

豊子は師匠の糸で外記猿節《げきさるぶし》を唄った。

これは浪花《なにわ》に浮名も高き、河原橋とか油屋の一人娘にお染とて年も二八の恋ざかり、内の子飼《こがい》の久松と、忍び忍びに寝油《ねあぶら》を、親達や夢にも白絞《しらしぼ》りサァ浮名の立は絵双紙へ「松の葉越の月見れば暫し曇りてまた冴ゆる、月は片われ宵の程、船の中には何とおよるぞ、苫《とま》を敷寝《しきね》の楫枕《かじまくら》。」

「美声《いいこえ》ね、あすこは猿舞と同じ文句のところだわね。」

「今年は中歳だというので、私は靭猿《うつぼざる》を弾かされたわ。」

「声もいいけどきりょうもいいわね。」

「真実《ほんと》よ、岡町には惜しいもんね。」

「アラ岡町？」

「叱《し》ッ！」

去年向島《むこうじま》の花見の折に小耳に挟んだ言葉が今、はしたない芸者ヅレの会話によって豊子の耳に入った時は、曲は二上りに入って、

「五月五月雨苗代水《さつきさみだれなわしろみず》に」と唄いかけ、「裾や袂を濡らして」と仇《あだ》めきかけた唄をフイと彼女は止めてしまった。

「お師匠さん、妾《わたし》、急に心持が悪くなりましたから帰らせていただきます。」

言辞《ことば》と同時に床《ゆか》を下りた豊子は、あきれているお弟子達の中をサッ、サッと通って外へ出た。

「二度とこんな家へお稽古に来るもんか！」

豊子は伝法にこういったが傍に来た車屋を呼びとめると、

「山谷へ！」

というなり車上の人となって風を切っていた。

最後の夜明けのために

——部落三百万の人たちへ——

酒井真右《さかいまさう》

若い男の丑松《うしまつ》たちよ
若い女の丑松たちよ
わしわもーこのとーりの年寄りだが
どーしてもきいてもらいてーことがある

余りにも多くの涙に恵まれすぎ
余りにも多くの恥辱に汚されすぎた
おれたち三百万人——

わしらはきかされたもんだ
その暗く傾いたいろりばたで
そのぞーりつくり縄ないの傍らで
そーだ——
おらの先祖はレッキとした武士だ
おらこそテンノーの直系だ
おらこそいくさに負け

そのまま住みついた落人だ
もとっから
牛馬《ぎゅうば》の皮を引きむいてはいなかった
鷹の餌取りをしてはいなかった――と。
しかし
若い男の丑松たちよ
若い女の丑松たちよ
しかし年寄りたちが
わしらにいくらそー話してきかせ
わしがまた若いあなた方に
そー話したところで
そのことでいくら眼を尖らせ
そのことでいくら唇《くちびる》を尖らし
そのことで
そのやせた肩を
そのあらわな胸を

いくら張ってみたところで
それが何のたしになろー
しかしそれが何のたしになろー
それは
悲しい恥辱の溜息だ
それが唯一のせめてものいのちのなぐさめなことも知ってはいる
しかしそれが何のたしになろー

なるほどこーもいわれている

大むかし——
ドレイには三種類あった
その一つが氏族財産の部曲《かきべ》、
その二つが家族財産の奴婢《ぬひ》、
その三つが工業ドレイの雑戸《ざっこ》、
大むかしのドレイは「やっこ」だ
朝鮮の人たちをドレイとしたカラ奴《やっこ》。コマ奴。

エゾ人のほりょをドレイにした――
とゆー続日本記
テンノーの墓場番の陵戸《りょうこ》、
役所の雑役の官戸《かんこ》、
家の子の使いをするヤケ人、公奴ヒ。私奴ヒ。
これが大化の改新――五色の賎民。
「あまべ」はエタだとゆー芸苑日渉《げいえんにっしょう》
狩人、漁師、山家《さんか》の浮浪民の土着したもの
浮浪民のうち、
人の軒端に祝言を述べ、
わずかの米、銭をかせいだ「浮かれ人」
万才《まんざい》、春駒、エチゴ獅子、
人形舞まわし、祭文《さいもん》、ほめら、大神楽《だいかぐら》、
うかれ節、田楽《でんがく》、絃楽《げんがく》、――カブキ役者、
これらの人たちは、
鴨の河原に小屋がけして住んだ

だから河原者、河原コジキだ、と——
金閣、銀閣の足利《あしかが》、室町時代——
河原者は掃除人夫、植木屋、
さては庭造りの手伝、
ヒョー取り、立ちん坊をした。
このヒョー取り、立ちん坊から
遊芸人、遊女が出た。
こーゆう群の中で
牛や馬の皮むきの人たちはエタ——
河原者は非人——
こー述べてある河原者由緒考。
浮浪者の中の人形使い、
うかれめのくぐつ、
彼らは、
狩人、弓馬《きゅうば》、
剣舞、大神楽、

手品、人形使い
物真似の芸をやった河原者と同様――
女の血のよごれをきらったところから出た
ブンヤ、
ベッカ、
コヤンボー、
コヤ、
しかしそれが何の足しになったろー
しかしせめても語らなければ
余りにも哀しみと涙に満ちたおれたち三百万――

若い男の丑松たちよ
若い女の丑松たちよ
わしはもーこのとーりの年寄りだが
どーしてもみんなにきいてもらいたいてーことがある

エタの起りはキョートだとゆー
エタの甲、乙について争った正徳の頃。
空海《くうかい》の出た頃の、承知九年十月、
島田《しまだ》、加茂河原《かもがわら》のドクロ五千五百有余を
焼かしたと出ている続日本記
掃除人夫「キヨメ」のことをエタとゆー
これは、
鎌倉、弘安の頃書かれた「塵袋《ちりぶくろ》」——。
エトリは鷹司府官の雑戸、
「我はいやしき身にて、
食うべきものなければ、
エトリの取り残したる馬牛の肉を
ひろいくいて命をやしなう」
とある平安時代宇治大納言の書いた今昔《こんじゃく》物語。
その今昔物語巻二十六迫昌僧正建立ホダラク寺物語。

「河原の者エッタとゆー。
タカの餌をひさぐ者なれば
エトリとゆー。
エトリをエタと略せる言葉」
それは室町時代の下学集《かがくしゅう》。
そのほか、
正徳三年寺島良安《てらしまりょうあん》の和漢三才図絵《わかんさんさいずえ》。
天和、貞亨年代、黒川道祐《くろかわどうゆう》の雍州府志《ようしゅうふし》。
文化四年、村瀬喜右衛門《むらせきえもん》の芸苑日抄。
類聚名物考《るいじゅめいぶつこう》。
師守記《もろもりき》、
河原巻物、
小法師由緒書、
古事類苑——慶長見聞書、
——、——、
——、——、

しかし
しかしそれが何のたしになろー
しかし
語らなければあまりに哀しみに満ちたおれたち三百万

重く冷たい鎖で
働く人民すべてが
がんじがらめにしばられていた徳川時代——
おお、これは
とりわけ
おれたち三百万にとっては、
忘れることのできない
屈辱に満ちた暗い三百年の谷間だった。
秀吉は刀狩りをした
戒厳組織の軍事的警察政治!
武士が百姓からしぼり取り、

武士が百姓をだますには、
その百姓の下に、
もう一つ、
いやしい階級と呼ばせる——
おお——おれたちが必要だった。

そしてそれは、きびしく烈しかった。

アサクサ——ダンザエモンは
全国部落の首長となった。
享保四年——八代徳川吉宗《よしむね》の時、
ダンザエモンが提供した
エタ由緒書きも
幕府のテンプラ学者に一掃された
小田原の長吏太郎左ェ門《たろうざえもん》が
北条氏直《ほうじょううじなお》の証文により、

元禄五年——五代綱吉《つなよし》の時
上野下仁田村《うえのしもにたむら》の馬左ェ門《ばざえもん》が
武田信玄《たけだしんげん》の証文を出し、
両人ともダンザエモンからの
独立を訴えたが、
その収奪の不便から
直ちに幕府は却下！

ダンザエモンはその囲内《かこい》に
手下が二三〇戸、
手代
書役　七〇戸、
役人　六〇戸、
平の者百六〇戸、
その支配下は、
関八州、

甲斐、
スル河、
伊豆、
陸奥の十二ヵ国、
長吏五千四百三十戸、
エタ、非人七千五百二十八戸総支配。
悪ラツな徳川幕府は、
百姓からたんまりしぼり取るために
百姓にエタ非人をさげすませ
強くその差別の感情を植えつけた
ああ
多くのニッポン人の一般と呼ばれる人たち
この人たちとの結婚、
この人たちとの同居、
この人たちといっしょのこたつ、いろり
この人たちの家へのぞーり穿《ば》き訪問、

この人たちの家への正門出入、
それらのすべてがかたく禁じられた。
そして
エタは、たとえ二戸、三戸でも、
皮多村、エタ村を調べ上げさせた正徳の頃、
エタ、非人の斬髪《ざんぱつ》、冠り物を禁じた正保の頃
百姓、町人に紛らわしい服装は、
きびしくお仕置申し付けられた安永七年、
旗本座光寺源三郎《ざこうじげんざぶろう》におこよを取りもった
雪駄なおしの長五郎《ちょうごろう》、
おこよの父、母も、
その一族すべてが
部落民であるそのために、
虐殺された
恥辱と憎悪のたぎる「おこよ源三郎物語」

「エタが神詣りに来た
汚れる、汚れる」
安政三年、江戸真崎《まさき》稲荷の初午の祭礼。
浅草鶴岡町《つるおかちょう》のエタは
見る見る袋叩きにされ、遂に息が絶えた。
ダンザエモンは抗議した。
「エタの身分は
平民七分の一に相当する。
平民一人の命がほしければ
エタ七人を殺せ！」
これが時の奉行、池田《いけだ》播磨守《はりまのかみ》の言葉だった。

徳川十一代家斉《いえなり》の天保七年、
有名な大塩平八郎《おおしおへいはちろう》の乱、
これには、
ネギフ村、ワタナベ村の

おれたちの先祖が
五〇〇人も加わっている
部落民だけを検挙し、
毒まんじゅー、
毒薬で、
青ぶくれになって死んで行った
埼玉《さいたま》の成瀬《なるせ》騒動——

一五代徳川慶喜《よしのぶ》の慶応四年正月、
厚顔無恥な徳川は
ほろびゆく幕府を支えんとして
ダンザエモンとその数人のものに、
卑劣にも開放の沙汰書を出している。
しかし、
若い男の丑松たちよ
若い女の丑松たちよ

その頃フランスは人民の革命が一世紀も前にすみ
イギリス、
オランダ、
ポルトガルなど
先進諸外国の波は、
暗い涙と血に彩られている島国ニッポンに
とー、とー、と打ち寄せ、
内と外との民衆の力で明治維新が来た。
その四年、
八月二十八日、
「明朝四ツ時お役所に出頭せよ」の達し、
全国幾千万の部落の人々は
「エタ、非人も人間だ」とゆーこの解放令に
千有余年来の屈辱をしのび
どんなにか、
その父たち、

その母たち、
その子、
その年より、
その恋人たちは
きつく相抱いて喜びの涙にむせんだことだろー。
しかし、
果たしてほんとーに開放されたろーか?
いいえ、
新らしい資本主義は、
日清、日露と、
ぐんぐんニッポンの働く階級、
われわれ部落三百万人を食い倒して行った
しかし
それが何のたしになったろー
しかし
語らなくてはいられない

あまりにも涙と屈辱に溢れてる
おれたち三百万——

若い男の丑松たちよ
若い女の丑松たちよ
わしはもーこのとーり年寄りだが
どーしてもきいてもらいてーことが一つある

しかし、
しかしだ。
自由、平等、独立の渇仰者《かつごうしゃ》、
自由、平等、独立の実行者だったわれわれの祖先、
悪ラツな階級政策のイケニエに供されたわれわれの祖先、
ケモノの皮を剥ぐ報酬として、
生々しい人間、自らの皮をハギ取られ、
ケモノの心臓を裂く代償として、

生々しい人間、自らの心臓を引き裂かれ、
嘲笑と、
ツバキと、
足蹴りにされ、
くびり殺された
無実なおれたちの祖先の血は、
永い圧制の悪夢のうちにも、
決して、
決して、
かれずに、
とー、とーと流れていた！
人間おれたちが神を踏み台にし、
明かるく、
力づよく、
起ち上がる時が来た！

若い男の丑松たちよ
若い女の丑松たちよ
おたがいおれたちも決して忘れまい
おたがいおれたち末永く語り伝えよー、
それは、
おお！　大正十一年三月三日
この年、
この日、
全国水平社は、
黒地に赤の
ケイカン旗をひるがえして
堂々と起ち上った！

たてえ伸びよーとする若芽を
いくら奴等がむしり取ったところで
春はやはり春なのだ

たとえ流れよーとする水を
いくらせきとめてみたところで
水はやはり大洋へ向かって
堂々と力づよく流れて行くのだ

永く堰かれていた大河の堰は踏み破られた
おお！
光りは地から湧く！
大正十一年四月二日　京都水平社創立大会
　　　　　　埼玉県、
　　　　　三重県、
　　　五月　奈良県、
　　八月　大阪、
　十一月　愛知県、
群馬県太田《おおた》の大会、栃木大会、
中国地方での兵庫、広島大会、

ごーごーと、
嵐は嵐を呼び
風は光を呼び
まとまってつき進んだ
若い男の「少年水平社」
若い女の「少女水平社」
「団結だ！」
「生命がけだ！」
のたくましい歌声は、
中国山脈を越え、
三国山脈を、
山とゆー山、
野とゆー野、
村々のくずれた垣根、
村々のくずれた家々の壁を越えて、
人々の胸深く、しみ込んでいった。

大正十一年五月。
奈良大正村《たいしょうむら》小学校での「エタの掃除当番事件」では
新聞で堂々と謝罪させ、
はじめて公然、堂々と糾弾
翌十二年三月、
第二回全国大会の「パンヤの小僧事件」では
三名の警官を袋叩きにし、
おなじ三月、
奈良、川西村の水、国闘争。
ごろつきと警官を前に堂々と正義を主張し、
大正十四年一月、
群馬県新田《にった》郡《ぐん》世良田《せらた》村《むら》事件、
華族制度撤廃、
徳川一門への辞爵《じしゃく》勧告した
大正十三年三月三日、

この徳川家達辞爵勧告で
スパイの手にかかって検挙された
部落解放、民放解放のわが闘士
松本治一郎《まつもとじいちろう》、
松本源太郎《まつもとげんたろう》、
佐藤三太郎《さとうさんたろう》、
そして、
その年の秋、九月二十四日午後九時十分、
ここ東京は、市ヶ谷《いちがや》刑務所内で、
暴虐な敵の手先きに
ついに倒れた松本源太郎、
敵階級の陰謀、デッチ上げの
いわゆる「福岡連隊爆破事件」
デッチ上げに名をかり
敵は、
大正十五年一月十二日未明、

福岡、大阪、熊本と、
大々的にわが同志の家宅捜索、
そして、
わが陣営の闘士、中心者
委員長　松本治一郎、
本部常任書記　木村《きむら》京《きょう》太郎《たろう》、
他数十名が不当検挙され、
明治五年十二月十日
懲役三年六カ月　松本治一郎
懲役三年　藤岡《ふじおか》正《しょう》右《え》門《もん》
木村京太郎
西岡《にしおか》達《たつ》衛《え》
和田《わだ》藤助《とうすけ》
茨《いばら》与《よ》四郎《しろう》
下田《しもだ》梅治郎《うめじろう》
松村《まつむら》芳《よし》次郎《じろう》

荻原俊男《はぎわらとしお》
大野清之助《おおのせいのすけ》
柴田甚太郎《しばたじんたろう》
高丘吉松《たおおかよしまつ》
懲役三か月
しかもこのうちで藤岡、茨、下田、荻原、大野らの若い生命は獄中での病で殺されているのだ
ああ屈辱と、憎悪の涙と共に
語らなければならない闘いのあとはあまりに多い
涙とたぎり立つ憎悪と共に
告げなければならない闘いのあとはあまりに満ち満ちている
昭和七年十二月、
奈良での第十四回全国水平社大会、
翌八年、
高松《たかまつ》差別裁判拒否、
まだ、ほかにも、
ほかにも、まだ
明治、大正、昭和と、

否！
連々と続いて流るる結ばれぬ愛。
人間として、
この地上に決してあるまじき
差別の屈辱、獄死……
おお！
声を大にして語るには
あまりに体のしびれる涙と憎悪の種々相！

若い男の丑松たちよ
若い女の丑松たちよ

こがらしの夜中、
吹雪の夜中、
長雨の夜中、
蚊、蠅のうなる夜中、

最後の夜明けのために

秋の月の夜中、
そーゆーもろもろの夜中、
きまって、
わしの耳に、
わしのからだに、
何百万の呻き声がきこえて来る
何百万の憎悪の声がきこえて来る

耳をすますと、
とーい何千年昔の人たちの亡霊の声もする
それらは、
きまって、
キガのうめき声であり、
いがみ合いのうめき声であり、
おれだけはとゆーうめき声であり、
動物に似たうめき声でもある。

それらは、
遠く、
近く、
やがて阿修羅のよーに、
わしの体中を針金のよーに、
ギリギリとしばり上げてしまう、
そーゆー何万の
生きている者のうめき声、
それら、
女、男、老若の区別なく
何百万とゆーうめき声がきこえて来る
その声々の中に
死んだちち、ははの声もかすかにきこえる
弟妹たちの声もたしかにしている
やがて、これらの声たちは、
世界中のこーゆー種類の

何億とゆー声になって
この年とった
わしの胸に烈しくぶつかって来る
わしは倒れまいとして
全身に力をこめ、
ひびわれた枯枝のよーなこぶしを
力の限りつよく握りしめる。
しかし、
それが何のたしになろー
しかし
語らなくては
しかし
告げなくては
余りに屈辱の哀しみに満ちてるおれたち三百万
若い男の丑松たちよ
若い女の丑松たちよ

おれたちお互い鋭く尖った眼ざしを
その眼のケンを、
いたずらに眠り込ませまい
おれたちお互い
黒く輝くこわい髪の毛、
怒りに引きつった唇、
歪んだ表情を、
いたずらにアラモードすまい
これこそ
おれたち部落民として誇れる
限りなく深く
限りなく高い
唯一の武器だ！
敗戦後わずか六年、
おれたち涙のかわくひまもなく、
ふたたび今、

おれたち
涙と怒りに満ちたこの島国に
昔ながらの、より激しい
戦争と奴《ど》レイへの硝煙《しょうえん》の魔手が深くのびて来た
しかし、
よし、
敵の硝煙がいかに深く、
いかにしつこく
おれたちを包もーとあがいても
既に
バラ色した民族解放の朝風が吹いている
若い男の丑松たちよ
若い女の丑松たちよ
おれたち、
永くおれたちの敵と見えていた
ニッポン人の一般とゆーその、

何千万とゆー働く人たちと、
限りなく深く、
限りなく広く、
限りなく強く、
今こそ結びつこー
おれたちなつかしい怒りの故里《ふるさと》に
明るい平和の光りを注ぐために
おれたち怒りの涙に満ちた
それだけにとりわけ愛している
祖国ニッポン独立のために――
祖国ニッポン民族解放のために――
今こそ結びつこー
ささやかな恥辱はすべて投げすてよー
今、
解放と平和の
温いその最後の曙《あけぼの》が

刻、一刻、
力づよい歩みでもって
迫っているのだ
おれたちさいごの解放――
祖国ニッポン民族解放の
バラ色の朝明けが近づいているのだ

わしはもーこのとーりの老いぼれだが
若い何万とゆー男の丑松たちよ
若い何万といー女の丑松たちよ
起ってまとまっておくれ
鋼鉄のよーにまとまっておくれ
平和と独立
民族解放への
怒りに満ちた熱い血潮が
三百万おれたちあなたたち

お互の体の底に
脈々と激しく流れているのだ
それは数千年来屈辱に満ちた血潮であろー
それは数千年来いかに恥辱に耐えて生きぬいた反逆の血潮であろー
それだけに清らかな、
団結と反逆に燃えてる血潮よ
いまこそ
まとまって起ち上ろー
祖国ニッポン民族解放のために——
祖国ニッポン平和と独立のために——

おお！
さいごの夜明けの時が近づいて来た
若い何万の男の丑松たちよ
若い何万の女の丑松たちよ——

化学教室の怪火

横溝正史《よこみぞせいし》

「先生、ちょっと待てください。葛野《かどの》君は決して犯人ではありません」

と、突然職員室の隅からこう声をかけたものがあったので、人々は驚いてその方へ振り返った。声の主は、今、忌《いま》わしい事件の嫌疑者と目されている葛野とは同級生である、速水健二《はやみけんじ》という一青年であった。

彼は少し興奮した面に、美しい微笑を浮べて静《しず》かに人々の前へ出たのであった。

「犯人は葛野じゃないって、じゃ君は何か他に証拠でも持っているのか」

と、重大な会議の腰を折られた教師は、苛々《いらいら》とした調子で迫った。

「別に証拠ってありません。しかし葛野君が犯人でない事くらいはすぐに想像されます。なるほど先生方は葛野君を犯人と信ずべき証拠を持っていらっしゃいます。しかしそれとても考えようによっては薄弱なものです。もし、先生方がお許しくださるならば、それらの証拠について、私は一々お答えしてもいいと思います」

そう言って、速水は、蒼白い顔をして立っている葛野の方をそっと見た。

M中学校の放火事件、それについては誰もが、葛野の有罪を信じていたのだ。というのは、ちょうど出火の当時、それが夜の一時過ぎであったにもかかわらず、葛野が平常着《ふだんぎ》のままで現場付近を徘徊していたという事実、焼跡から発見された彼のメダル、それらは明らかに、彼がこの放火事件と何らかの関係を持っている事を物語っていた。それにもかかわらず、頑固に口を噤《つぐ》んだ彼は、すべてを否定しようとするのだ。

「僕は何も知りません。放火などとは思いもよらない事です」と彼は言った。

しかしその言葉は真っ赤な偽《いつわり》である事は、彼自身の部屋の屑籠から発見された、ずたずたに引き裂かれた書翰箋《しょかんせん》によってただちに証明された。その書翰箋の破片には、誤《あやまり》もなく彼の自筆で、一面に放火という文字が書きなぐられていたのであった。

が、彼が何のために学校に火をつけようとしたのか、その点になると、皆一様に迷わざるをえなかった。彼は四年級でも、常に首席から二、三番の位置を保っている秀才で、放火事件などとは全く縁遠い温厚な青年であった。ただ、彼が近来非常に憂鬱になっていた事だけは事実である。放火の原因も、あるいはそんなところにあるのではないかと推測されない事もなかった――。

「よろしい、では君の意見も参考として聞かせてもらおう」

しばらく考えていた教師の中の一人は、やがて口を開いて、そう言った。

メダルと書翰箋と、そしてあの夜における不可思議な行為、教師達にとっては、そんな解き難い謎であるそれらを、この一学生がいかに証明するだろうかと、人々の面は期待をもって輝いた。葛野は相変らず青白い顔をして立っていた。

「では第一に、あの級友の小森《こもり》の証言をどういう風に解釈するか、それからまず聞せてもらおう」と教師が言った。「念のために今一度小森の話を繰り返えすと、こうだ。小森は昨夜小便するために起きて出た。そしてあの化学の教室に火がついておるのを見て、驚いて駆け出した。そして、そこで葛野に合ったのだ。その時葛野は彼を見ると、『失敗《しま》った』と叫んで慌てて逃げ出したそうじゃないか。君はこれをどう説明するつもりだ」

速水は衆目が一斉に自分の上に注がれているのに気が付くと、ちょっと心が騒ぐ風に躊躇したが、すぐに元の落着いた態度にかえった。

「でも、小森君の証言はそれだけではなかったでしょう。もう一言、小森君が駆け付けた時には、もう既に化学教室の二つの窓が焼け落ちようとしていたと言うたはずですが」

「うん、そう言った。しかしそれが何か関係があるのか」

「ええありますとも。これは最も重大な事なんです。ちょっと考えても判りますが、もし葛野君が放火犯人だとしたら、二つの窓が焼け落ちようとする時まで、その場にうろうろしていて、他人に見付けられるようなヘマな真似をするものじゃないと思います。いいえ、葛野君に限らず、誰でも自分が放火した現場にそんなにいつまでも愚図々々している事ができるものじゃないと思います」

そう言い切って、彼はぐるりと四辺《あたり》を見回したが、再び語を継いで言った。

「それに、葛野君はあの時平常着を着ていました。この点に就いても、先生は大きな誤算をしていられます。葛野君のような境遇の許に放火しようとする際に、わざわざ平常着に着更えて出るものでしょうか。それよりもこっそりと寝間着のまま出て、目的を果たせばすぐまた床の中へもぐり込んでいる方が安全ではないでしょうか。葛野君だって、それくらいの事には気が付くはずです」

「では葛野はあの夜何をしようとしていたのだろう。葛野はそれを説明する事を拒む。君はそれを知っているのか」

「知っています。しかしそれを言う前に、このメダルについて少し言っておかなければなりません」

そう言って、速水青年はそこにあったメダルを取り上げた。

「このメダルは非常に興味があります。これは葛野君がいつも帯につけていたメダルに違いありません。しかしそれがどうして落ちたか、その点が非常に注意しなければならない問題です。葛野君の帯から自然にすり抜けて落ちたのでしょうか。絶対にそうではありません。ご覧なさい。このメダルには革がついています。そしてこれが切れたがためにメダルが帯から離れたのです。しかしこんな丈夫な革が自然と切れるものでしょうか。いいえ、これは非常な力で引千切《ひきちぎ》ったものなんです。で、私はこう考えました。これは現場で格闘があったんです。そしてその格闘の瞬間に革が引千切られたものであろうと」

「格闘?」

「そうです。放火の際に格闘があったとすればそれは何を意味するものでありましょうか。それは放火を妨げようとしたものがあった事を雄弁に語っているのではないでしょうか」

「では君は、葛野は放火を防ごうとしたのだというのか」

「そうです！　そうです！　それに相違ありません。二つの窓が焼け落ちようとする時までも、その場にうろうろとしている人は、火を消そうとつとめていたものでなければならないはずです」

「葛野君！」と教師はその適切な言葉に迷わされたように、悄然《しょうぜん》と立っている葛野の方を振り返った。

「君の告白を促したい。我々は速水の言葉を信じていいのだろうか」

葛野は答えなかった。しかし驚異に輝いた彼の眼《まなこ》は総てを承認せると同様であった。

「君はなぜ語らないのだ。よろしい、君にいい難《にく》い事情があるならば仕方がない。我々はあの速水から聞くばかりだ。速水君、それからどうした？　話してくれたまえ」

「葛野君が放火を妨げようとして、潔く戦ったに違いない事は、前に言ったような訳ですぐ解りました。ところが、すべての事情から推して、偶然にそこに行き会ったのではなくて、あらかじめ放火しようとする者がある事を知って待っていたらしい形勢があります。そこで、私は済まない訳ですが、葛野君の部屋をそっと調べさせていただきました。そして屑籠の中からその書翰箋の破れたのを発見したのです」

「そう。それこそ我々の最後の証拠だったのだ。放火を企む者でなくて、どうしてこんなに忌わしい文字を書きなぐろうというのが我々の結論であったのだ」

「先生はこの放火という文字にすぐそんな風にお考えになって、この書翰箋そのものについて考える事をお忘れになりました。この書簡箋は、葛野君のものではないのです。葛野君は常に特別にいつも葛野用箋と印刷したものを使っていました。ところでこれが葛野君のでないとすれば、当然の結果として、誰からか来た手紙の中の一枚であることが想像されます。それも放火を連想させるような、もっとはっきりと言えば、放火の予告の手紙なんです。ところが、このずたずたに引き裂かれた書翰箋は、葛野君が書いた放火という文字の下にほとんど他の文字は認められないのです。従って、非常に広い余白を持っていた事が解ります。もし誰からか来た手紙の中の一枚であるという事が間違いでないとされるならば、こんなに広い余白を持った一頁は手紙の中の最後の頁より他にない事も気が付きます。そして最後の頁ならば、差出人の名があるはずなんです」

「それで君はその差出人の名前を発見したのか」

「ええ、しました。これがそうです」

と速水は机の上に広げた書翰箋の破片《かけら》から数片を択《よ》り分《わ》た。

「これがそうです。葛野君が放火という字で蔭《かく》してしまいましたが、よく気をつけてご覧なさい。インクの色の違った字が見られるはずですから」

教師はそれを取り上げて見た。そしてしばらく見詰めていたが、やがて叫んだ。

「ナニ香山《かやま》生より、――香山、香山というと……」

「そうです香山君です。それで先生は葛野君が沈黙を守っている訳がお解りになったでしょう」

香山というのは、葛野とは最も親しい同級生の一人であった。もともと香山は一ヶ月ほど前までM

中学の生徒であったが、ある盗難事件の嫌疑者として、不名誉な汚名の許に退校処分を受けた学生であった。

「先生、香山君を疑ってはいけません。もう何もかもお話してしまいましょう」

と突然今まで黙っていた葛野が、この時になってそう叫び出した。そうして彼は、なおしばらく興奮した心を鎮めようとしていたがやがて次のように話し始めた。

その話は――

香山という学生は、特殊部落の頭《かしら》のような家柄に生れたのであった。彼が忌わしい窃盗事件の犯人として退校されたのも多くはそういう点に嫌疑が懸ったのであった。彼が果して犯人であったか、あるいは潔白であったかそれは第二の問題として、彼がそうした汚名の下に退校させられた事は少からず部落民の血を湧き立せた。正直な一本気な彼らは、頭を思うの余りに、学校へ対して呪の眼を向けた。彼らの中には、復讐を叫ぶものすらあった。その中でも、とりわけて、香山という学生を幼い時から我が子のようにしてきた平作《へいさく》という老人の怨みは最も深刻だった。彼は香山一家の人々の前で、公然と復讐をして見せると言った。香山は少なからずそれを恐れていた。ところが、かの日、彼はふと平作老人が沢山な油を買っているのを見た。その用途を推察する事は難かしい事ではない。そこで彼は寄宿舎にいる親友の葛野に宛て、手紙で援助を仰いで、毎夜二人で警戒の網を張っていたのだった。しかし残念な事には、本当にわずかな油断を見つけた老人はとうとう目的を果してしまったのであった

――。

「香山君は立派な学生です。自分の恨を捨てて学校を救おうとしたのです。あの人に罪のあるはずはありません！」

すべてを語り終った葛野は、そう言って言葉を切った。

速水もそのあとから、

「香山君は間もなくやって来るでしょう。私は葛野君の名を借りて葉書を出しておきました。『委細身に引き受けた沈黙を守れ』と書いて。そうすればあの人の性質として黙っているはずがないと考えましたから。実は私は、香山君を疑っていたのです」

「うんそうだ！　香山が来ればすべてが解決する！」と教師も感激した声で、

「吾々は彼の窃盗事件から改めて詮議しなければならない」

「そうです！　そうすれば、香山君の潔白であったことも改めて証明されましょう！」

葛野は賢そうに眼を輝かしながら欣然《きんぜん》として叫んだ。

並みいる教師達の眼は湿《うる》んだ。

屠殺場《とさつじょう》見学

川合《かわい》仁《やすし》

一

卒業試験も済んでしまった、三月半のある朝であった。

××県立農林学校生徒高木新作《たかぎしんさく》は、もうすっかり学校という窮屈千万な檻の中から解放されでもしたような、伸び伸びとした朗らかな気持ちで、K市の郊外に続く麦畑の間の田圃道《たんぼみち》を、さも愉快そうに、足取りも軽く歩いて行った。

周囲をすっかり山に囲まれて春の来ることの遅いこの盆地にも、正しくもう春の訪れたことを思わせるような朝だった。昨日までは憂鬱に顔を顰《ひそ》めて重苦しい沈黙に耽《ふけ》りながら、しかも極度に緊張した神経をピリピリとふるわせていた万象も、昨夜一夜の雨に身も心もすっかりほどいてしまって、みずみずしい生気に輝くその面には、微笑さえも漂わせている。F川の上流に続く櫟林《くぬぎばやし》は、もうその梢《こずえ》をしっぽりと薄紫に煙らせて彼の視線を魅惑する。と、その時、彼はその薄紫の中から黒い尖った屋根が、ニコリともせず覗いているのを見出した。それはまがいもなく今日見学に行く屠殺場の屋根である。一瞬彼の明るい心を曇らせるように、チラリと暗い影が過ぎて行った。けれども彼は幸いであった。なぜなら彼は未だかつて牛や馬の殺されるところを見たことがなかったので、屠殺場の光景はほとんど彼の想念の中に浮び上って来なかったから。してまたその朝が、屠殺場の陰惨な光景を想い描くには余りに明るく朗らかで、愉快であったから……。

Ｋ盆地の西北境にその豪壮な勇姿を立ち並べている日本アルプスの連山には、まだ真白に雪が残っていた。が、そこから吹きおろし来る風は、もうあの魂《たましい》までもすくませてしまうような酷烈な寒気をもたらしては来なかった。ほのかに若草の香りを含んだ風が、それでもさすがにまだキリッとした冷めたさを交えて颯々と彼の面を払って行く。道の両側から左右にずっと打ち続く麦畑のフレッシュな緑、麦共はまあ何という元気な、歓喜に溢れた顔をして甦ったことか！　いじけ、ちぢかんでいた彼らは、今はじめて伸び伸びと呼吸し、太陽に向かって歓声を揚げているかのようだった。カチカチに凍り固まっていた大地も、今は黒くしっとりと湿りを帯び、その面に緑、黄、萌黄《もえぎ》、コバルト、様々な色彩を点綴《てんてい》し、なだらかな曲線を描きながら、遥かに山脈の麓の方へと走っている。そして、うっすらと、朝靄《あさもや》の立ちこめた空から、太陽は暖かな、慈愛に満ちた光を投げかけているのだった。

「オヤッ、雲雀《ひばり》だぞ！」

今年になって初めて聞く雲雀の声に、彼は思わず立ち止まった。巣を出たばかりと見え空へ揚ろうともせず、まだどこか調子のとれない声で遠慮がちに囀《さえず》っている雲雀の声を、彼は懐し気に耳を傾けて聞き、さて何の故ともなく湧き上って来る微笑に、その若やかな頬を輝かせながら、再び屠殺場へ向って歩いて行った。

二

人家を離れた田圃中の、黒い、大きな、見るからに不気味な建物――それが屠殺場である。

高木新作が門の中に這入って行った時、仲間の学生達はもう大部分集合して、M教諭が出席を調べているところだった。立合の警官が井戸の側に立って彼らの方を見ながら、呑気そうに煙を吹いている。屠殺者達は、血に汚れて薄黒くなった胸掛を纏《まと》い、刃物を研いだり、水を汲んだり、湯を沸かしたりして働きながら、時々彼らの方へジロジロと薄気味悪い視線を投げつける。その一人ひとりの顔が、彼にはなぜか兇悪に映る。うっかり口でもきいたら、いきなり飛び掛って来そうにさえ思われる。

「何しに来やがったんだ。うぬらの来る所じゃあねえぞ」

彼らの眼の裡《うら》に、高木はそうした憎悪と敵意とを明らかに読んだ。

余り広くない庭には痩せた雌馬が一頭繋がれて、コツコツと蹄《ひづめ》で土を掘っている。気の弱い小沢《おざわ》がハンケチで蔽《おお》いながら高木に話しかけた。

「オイ高木、あいつは殺されることをまるっきり知らないのだろうか?」

「知っているかもしれない。しらないかも知れない」

高木は腹の中でそう言ったが、ただ呻くように「ウム」と答えたばかりだった。彼は門を入った瞬間、この屠殺場の一廓の中に立て籠る、ほとんど形容のできない一種異様な血なまぐさい、胸を締めつけられるような空気にまず気圧《けお》されてしまった。そして、屠殺者達の凄味を帯びた顔や、荒々しい態度に、その神経を脅かされて、軽々しく口などきく気持ちを失ってしまったのだ。生温い風が腐血のムッとするような悪臭を運んで来ると、彼はもうそのままそこを飛び出してしまいたいような気がしたが、同時に、この一廓の中に行なわれるあらゆるでき事を最後まで見徹さずにはいられないような欲望が、彼の心に湧き上がってきた。

屠殺室の横手の溜池から、一人の男がドス黒い液体を桶に汲み出してはどこかへ運んで行く。高木には初めそれが何であるかちょっとわからなかったが、近寄って見た時、彼は思わずギョッとしてそこに立ちすくんだ。

二間四方もあろうと思われる大きな深い溜池に満々と湛えられたどす黒いような液体、それは血だった。悉《ことごと》く血だった。

「血の池！　血の池だ！」

彼は呻くように独語《ひとりごと》した。

三

間もなく大きな竹籠に入れられた七、八頭の豚が、車によって運ばれてきた。彼らはいずれもその頓馬《とんま》な顔を一層きょとんとさせて、籠目の間からその愛すべき小さな眼を怪訝そうに瞠《みは》っているのだった。

「貴様らもう五、六分間の命だぞ!」

M教諭は微笑《びしょう》しながら持っていた鞭でちょっと一匹の豚の尻を突ついた。豚は憤慨して猛然と喚《わめ》きたった。と、それに続いて仲間の豚共は一斉に大きな叫び声をあげた。M教諭はちょっと度胆を抜かれたらしかったが、すぐに「ワッハッハ」と腹を揺っていつもの癖の豪傑笑いをした。

山村《やまむら》がM教諭の眼を偸《ぬす》むように、こっそりポケットから一つの饅頭を取り出した。

「これが今生《こんじょう》の食い納めだぞ。それ食え」

与えられた豚は永く飢えてでもいたように、ガツガツと一つの饅頭を貪り食ってしまうと、いかにも物足りなさそうな顔をした。

「馬鹿奴!　一つ食やあ沢山だ。もう貴様すぐくたばるんじゃねえか」

山村は可笑しそうに笑った。が、高木には笑えなかった。クンクンと鼻を鳴らしている豚の顔を見つめているると、涙の出るような滑稽な、悲惨な気がして来るのだった。

と、その時突然激しい罵声と共にドタバタと殴り合うような物音が聞こえたので、高木はハッとして思わず二、三人の仲間と一緒に、物音のする方へ走《は》せ寄った。屠殺室の中には、親方らしい大きな男が傲然と立ちはだかって、十八、九の若い男をぐっと睨みつけていた。若者の右手には研ぎすました大ナイフががっしりと握りしめられ、その手は微かに慄《ふる》えている。若者の顔は真っ青だった。ギラギラと血走った眼が、燃え上る憤怒と敵意を、相手の顔に投げつけている。沈黙の数秒――。と、その瞬間、高木は若者の体がナイフと共に、毬《まり》のように相手の大きな体にぶつかって行くのを感じて思わず眼をつぶった。

「野郎、ふざけた真似をしやがるない!」

太い、威圧するようなその声が聞えた時、高木はホッとして眼を見開いた。二人は元の場所に元の姿勢で立っている。が、若者の腕からは力が抜けてしまっていた。彼はやがて悄然《しょうぜん》とうなだれた。

「気をつけろ!」

そういい放って、大きな男は、若者の顔に冷めたい一瞥を投げると、そのまま悠々と室外に歩み去った。

平然として、この争闘を見守っていた三、四人の男たちは、また平然として彼らの仕事に取りかかった。刃物、血――そんなものを屁とも思っていないらしい、彼ら――。高木は、ある慄然たる思いがサッと心の底を過ぎて行くのを感じた。

四

やがて準備が整って、屠殺の開始せられることが告げられた。見学の学生達はいずれも屠殺室の前に集まって来た。

十坪余りもあろうと思われる屠殺室の、たたきで固められた床の上には、下駄穿きで腕捲りした先刻の若い男が大ナイフを握って立ち、二十四、五の獰猛《どうもう》な顔をしたもう一人の男は三尺くらいの柄のついたげんのうを杖にして突っ立っている。

「オイ、さあはじめるぞう」

げんのうの男が大声に叫んだ。豚を運んで来た男達は、車のまま室《へや》の入口まで運んで来て、籠の口を開き、豚を追い出そうとする。本能的に死を覚った豚は、頑として籠から出ようとしない。太い棒が容赦なく彼の尻へ見舞われる。彼はキャンキャンと泣き喚きながら、遂に床の上へ転げ落ちる。げんのうを持った男の腕が素早く一回転したかと思うと、猛烈な一撃が彼の脳天目がけて打ち下ろされる。裂けるような最後の悲鳴をあげ、彼がドタリと倒れる。ナイフの若者がつと身を屈ませたかと思うと、もう豚の咽喉はぐっと深く剔《えぐ》られていた。たちまち、恐ろしい勢いでドッと鮮血が噴き出す。豚はもう声も立て得ず、両脚を突っ張り、あおるように全身を反転させて苦し気にのた打つ。そのたびにドッドッと噴水のように迸《ほとばし》り出る鮮血は、たちまちたたきの上を真っ赤に染め、飛沫はトタン壁に跳ね上り、二人の男の全身にも飛び散った。自らの血に満身を打浸してもがき苦しんでいた豚の体は、やがて力も衰え、一個の大いなる血塊のようにそこに横たわった。

仲間の最後の悲鳴を聞き、血の臭いを嗅いだ第二の豚は、必死になって籠から出そうとする男達と闘った。が、彼もまた棒によって突き出された。第一撃が急所を外れたので、第二、第三とげんのうが打ち下されるたびごとに、痛ましい、聞くに堪えない、張り裂けるような悲鳴があたりの空気を裂く。やがてドタリと倒れ、もがき苦しむその咽喉がまた刳られる。サッと迸り出る血潮――。全身のありったけの血が流れ出てしまうまで、彼もまた転々とのたうち回るのだ。二個の真っ赤な血塊が、石ころのように男たちの足によって隅の方へ片寄せられ、第三、第四の豚が同じ方法をもって、同じように殺される。かくてたちまちの間に大小八頭の豚の血みどろな死体は、足の踏み場もないくらい屠殺室の中に横たわった。死に切れない二、三頭は声もなくまだ頻《しき》りと全身を反転させて、互いに血と血を浴せ合った。そして真っ赤な室の中に、真っ赤なナイフを握って立っている真っ赤な鬼の姿――。

別室では先刻まで庭でコツコツと蹄を鳴らしていた馬が屠《ほふ》られた。痩せた馬は悪びれた風もなく、一人の男に引かれて従容として死の座へ歩んで行った。げんのうを隠し持った男の近く進んだ時、素早い一撃がその眉間へ見舞われた。馬は声さえ立て得ずがくりと前脚を折り、苦もなくへたばった。心臓が刳られた。ドス黒い血が奔流《ほんりゅう》のように迸り出て、たちまちあたり一面を血の海にした。血がすっかり流れ出てしまうと、馬は皮を剥がれ、腹部を立ち割られ、膨大な臓腑が取り出された。内臓の各部は、まだそこここ、それ自身が生きてでもいるかのように薄気味悪く蠢《うごめ》いていた。やがて鋸が、馬の体を四ッにも五ッにも引き切る。首が切り離され、胴、前肢、後肢という風に解体されて、高い天井から下がっている鉤縄《かぎなわ》にかけられる。かけられてからもその筋肉はいつまでもピクピクふるえ動いていた。それはあたかも、ただ一声の叫びさえもあげ得ずにこの世を去らねばならなかった憐れな馬の、永久に尽きぬ苦悶と呪咀の呻気《うめき》でもあるかのように……。

五

それは永い瞬間であった。

最初の一撃が第一の豚に向かって打ち下され、その裂けるような叫喚《きょうかん》が高木新作の全身を貫いた時、彼は自分のあらゆる神経が硬《こわ》ばってしまったのを感じた。やや蒼ざめた顔面の筋肉は微かに痙攣を漂わせてはいたが、彼はむしろ冷然とその光景を底の底まで凝視しようとしているかのようだった。が、今その感覚が甦り、その意識が回復して来た時、彼は彼の魂に向って、あらゆる感情が嵐のように殺到して来るのを感じた。悲鳴が、叫喚が、戦慄が、恐怖が、憎悪が、悲哀が、呪咀が一しょくたになって彼の感情の中に渦巻いた。

彼は何よりも、今日のたった今まで、かかる惨虐極る方法によって、幾万幾千万の獣畜が人間の口腹の欲を満たすために屠られていたことに、少しも気づかなかったばかりか、平気でその肉を食っていた自分が、赦されざる大罪を犯した物のように悔い、恥じられた。毎日々々日本の全国において、否《いな》世界の到るところにおいて、数知れぬ獣類が、あの見るに堪えぬ惨酷な方法によって、その生命を奪われているのだ――。恐ろしい戦慄と、身を大地に打つけて号泣したいような悲しみとが、彼の胸を襲って来る。「罪悪だ、罪悪だ、これが罪悪でなくて何であろう！」彼の心は叫び続けた。ああ人間とは何という浅ましい動物なのだ。こんなことをしてまで肉を食わねば生きて行けないというのか？　おお人間よ、呪われてあれ！　汝らは呪われてあれ！

眼を瞑《つむ》ると彼の耳には、幾万幾千万の獣畜の消え難き恨みの叫び声が、一つの大きい唸りとなり、天空の彼方を劈《つんざ》いて迫って来るのが感じられた。彼はもう人間が生きて行くためには彼らの犠牲も止むを得ない、というような議論に耳を傾ける余裕をもたなかった。馬だって豚だって等しく感覚を持った生物だ。あんな惨虐な殺し方をされて、どうして人間のためだといって諦めて往生することができるものか！　よし一歩譲って、人間が生きるためには肉が必要であり、そのためには彼らの犠牲も止むを得ないということを肯定したとしても、彼はその野蛮極る残酷な殺し方には飽くまで反対せずにはいられなかった。殺さねばならぬものとしても、もっと楽に、あの痛苦なしに、あの魂を刳るような叫喚なしに殺せる方法がどうしてないといえようか。

六

一通り見学が済んだので学生達は解散を許された。高木新作は地獄を逃れ出る思いで屠殺場門を出た。そうして重い足取りで、深くうなだれたまま、歩むともなく近くの練兵場《れんぺいじょう》の方へ歩いて行った。胸には真っ赤な血塊が充満しているようで、もう正午過ぎだのに、彼は持って来た弁当を開いて見る気にさえなれなかった。彼はほんとに考えて考えて考え抜かねばならぬ重大な問題に直面している自分を感じた。

練兵場の一隅に篠笹《しのざさ》の群生のしている所があった。彼はその中へ入りぐったりと疲労した体を横たえた。冬の名残りの寒い風が吹きしきっていたが、繁みの中へは流れて来なかった。陽の光が温かに彼の顔に射した。彼は仰向けに寝ころんで、ホーッと深く長く吐息を洩らし、大空を見上げた。すっきりと濃藍色に澄んだ早春の空は、微笑を堪えて麗わしく晴れ輝いていた。

吾々は生きて行かねばならない。他のあらゆる生物を踏みつぶし、打殺しても生きて行かねばならない。それは各々の運命であり、万物の霊長としての吾々の特権だ。それが人間のいう言葉だ。だがそれは正しいことなのか？　恥ずかしくないことなのか？　許されるべきことなのか？　生存競争。弱肉強食――そういってすましていられることなのか？

彼の良心は、彼の感情は、どうしてもそれを肯定することを許さなかった。できることなら地上に生を享《う》けた万物は、互いに傷つけ殺し合うことなく、助け合い、力になり合い、慈み合って、共に楽しく生きて行きたいではないか！　万有共存！　それこそ天地の正道であるべきではないか？　弱きが故に虐げられ、殺され、滅ぼされていいという理屈がどこにあるか？　止むを得ないという言葉くらいでどうして人間の殺戮行為を許すことができるものか。相食《あいは》み、相殺《あいころ》すのが地上における生活の実相であるとしても、吾々の本能は断じて殺戮を峻拒《しゅんきょ》する。

他の生命を奪われねば生きて行けない人類の生存を、彼はどうしても正しいと思うことはできない。では人間は死んでしまわねばならぬというのか？　彼の感情は叫ぶ。たとえ人間が滅亡してしまおうとも、吾々のこの感情を偽り殺すことはできない。吾々はこの感情に生きなければならない！　しかしそこまで考えを進めて行くと、彼の心は真暗な疑惑に引摑《ひっつか》まれてしまう。

「嗤《わら》うべき痴者奴！　他の生物を殺すことなくして、人間に生存が許されると思うか？　相食み相殺し合うことなしには、地上の何物といえども生きることはできないのだ。この事実に堪え得ないというならば、貴様はなぜに早く自殺でもしてしまわんのだ？　度すべからざる遊戯思索家奴！　吾々現実に生き闘っている者には、第一そんなことを考えている閑《ひま》さえない。人間は人間のことさえ考えていれば沢山だ」

一つの声がそう叫んで彼を罵った。一つの声は呻くようにそれに答えた。

「ああ呪われてあれ人間よ！　正義も愛も道徳も、すべては汝ら自身のためにのみ造られた。而《しこう》してそれは汝等自身の非を、罪悪を弁護せんとする、虚妄な形骸の軌範に過ぎないのだ。汝ら智を誇り文明を誇る。されど宇宙の意志は決して汝らのみを栄えしむるものではないことを、今に思い知る時があるであろう」

七

彼は屠殺場の一隅に建てられてあった供養塔を思い浮かべた。と急にヒステリカルな笑いがこみ上げて来た。それは正しく「神よ、吾を許させ給え」と、一度拝跪《はいき》することによってすべての罪を帳消にされるものと思っている愚劣な信仰と同様に、滑稽であり、悲惨であり、人間の図々しさ、虫のよさを遺憾なく表わしているものとしか彼には思えなかった。

篠笹の繁みの中に横たわって、様々な解き難き思いに悩んでいた彼は、激しい疲労を感じていつかウトウトとまどろんだ。

不意にワーッという喊声《かんせい》が彼の耳を驚かした。彼は立ち上って見た。一小隊ばかりの兵士が練兵場で突撃の演習をやっているのだった。銃剣の穂先がキラキラと日に輝く。彼はすぐ様、人間と人間とが獣畜にも増した残忍さを以て殺戮し合う惨憺たる戦場の光景を想像しなければならなかった。戦争！　ああ人間は未だに戦争をさえ絶ち得ないではないか！　そして、今、ああこうしている瞬間にさえ、地上の到る所においてピストルが鳴り、刃物が閃き血が迸り、人間同志の争闘が絶え間なく行なわれつつあるではないか！　刃物血、死骸――物凄い幻影が、恐ろしい叫喚をあげて、彼の背後に迫って来る。氷のような戦慄が彼の背を貫く。彼は恐怖の余り救いを呼ぼうとする。真暗な壁が彼の周囲を塞いでいる。彼はよろよろと立ち上り、またよろよろと倒れ込む――。

幻影を踏み蹂《にじ》るように彼は立ち上って、空を仰いだ。そして深く長く呼吸した。けれども暗澹《あんたん》たる胸の思いは去らなかった。一度刻み込まれた屠殺場の凄愴な、惨憺たる光景は永久に彼の胸を離れそうもなかった。人間の生存に対する真暗な疑義は楔《くさび》のように彼の胸に突き刺さっていた。

彼は深くうなだれて暗い思いに沈んだまま、再び野の方へと重い足を運んで行った。

特殊部落

杉山清一《すぎやませいいち》

一

汽車が京都《きょうと》駅に着いたのは、二十三時過ぎだった。

駅の構外に出ると、宿引《やどひ》きやリンタクマンがうるさくつきまとうのを振り切って、暗い駅前公園へ出た。丸物デパートも中央郵便局も静かに暗闇のなかに眠っていた。

「ちょっと、あんたはん、遊んで行ったらどうや」

ワンピースのパン助が寄り添って来て言った。なに心なく暗がりに浮いた白い顔を見ると、どこか純子《じゅんこ》に似た顔だちの女だった。

「もう遅いから、安く負けとい夕げる。ねえ、遊んで」

「駄目だよ」

とり合わずに歩き出したが、

「チェッ、お金がないんやろ」

と、後から悪たれ口を浴びせられた。

静岡《しずおか》の生家へ亡父の年忌で帰った鹿谷浩一《しかたにこういち》が、清水新道《しみずしんどう》の家に戻った時、住み込み看護婦の秋子《あきこ》も女中のスガ婆さんも、まだ寝《やす》まずに待っていた。帰宅時間を静岡から電報で報せてあったからだ。

「お帰ンなさい。お疲れだったでしょう」

と、子持たずの戦争未亡人で、年輩も四十搦《がら》みの秋子が、玄関先に迎え出た。

「汽車が混んでね、選《よ》りに選って闇列車に乗り合わせたんだから、目も当てられない始末でした」

浩一はようやく辿り着いた気安さに、手荷物を放り出して、額の汗を拭きながら言った。

「本当に、近頃の旅行は命がけだと言いますもの」

「往きには楽に腰掛けて行ったんで、安心し切っていたら、飛んだ地獄の憂き目を見てしまいました」

上って座敷に落ち着くなり、賞められたさも幾らかは手伝って、

「先生、お風呂がよう沸いとりますさかいすぐにもお入りやす」

と、スガ婆さんが横合から口を挟んだ。

「それはありがたい。ひと休みしてから、いただくとしましょう」

浩一はワイシャツの胸をはだけて、風を入れた。

「なにしろ狭い通路までぎっしりと座り込んで、身動きもできないのには弱りました。乗客の大分が闇のかつぎ屋です」

「それじゃあ、終戦直後の買出し部隊が出動した時代と、ちっとも変りがないんですわねえ」

「いや、あの頃よりも悪質です。一騎当千の闇のかつぎ屋が、集団で乗り込んで来るんです。警察がそれを追い回して、列車の中で衝突したのを、現にこの目で見て吃驚《びっくり》しました。東山《ひがしやま》トンネルを出る

時分から、乗客たちの間に異常な気配が動き出したんです。加茂《かも》川の鉄橋にさしかかると、列車の速力が落ちますが、ここまで来ると、京都駅に張り込みのあるなしが、土堤の方から信号燈で知らせる仕組みができているんですね」

「まあ、驚いた」

「張ってるぞっと、車中に誰かの声がかかった瞬間、かつぎ屋連中は一斉に背負い込んだ荷物を、窓から河原の叢《くさむら》へ放り出したんです。手当り次第、荷物に自他の見境などつけやあしません。と、それを制止するために、それまで入口に潜伏していた私服連中が、満員の車内へ遮二無二《しゃにむに》雪崩《なだれ》込んで来て、たちまち阿鼻《あび》叫喚《きょうかん》の乱闘場なったんです。凄いのなんの、それは全くお話の外でした」

「えらいことですのねえ」

と、秋子はこれもお付合いの一つと心得てか、仰山《ぎょうさん》に肩をすぼめて、戦慄の表情をして見せた。

鉄橋を渡った河原付近は東七条《ひがししちじょう》になる。この付近一帯はいわゆる柳原《やなぎはら》と呼ばれる広大な特殊部落のあるところ。浩一の家とは、つい目と鼻の付近なのだった。

車窓から放り出された荷物は、部落の人たちに収拾され、後で荷主が引き取りに来れば、一個百円の手数料で渡すのだが、なかに一日待っても荷主の出ない分は拾得者の所有になるのが定法。これは闇のかつぎ屋が駅でブッチャケに遭《あ》い、公定価格で捲き上げられるのに対抗して、案出された戦法なのだ。

柳原部落に患家《かんか》を持った浩一が、既にこの事実のあることを聞いて知ってはいたがそれを現実に目撃して、強いショックを受けたものらしい。帰る早々の土産話がこれだった。

ちょうどその時、玄関のベルが鳴った。医院の看板に赤い軒燈《けんとう》を出していれば、ベルが鳴るのに時間の制限はない。当然のことのような面持ちで、秋子が座を立って行った。しばらく誰かと話し込んでいたが、取って返すと、

「先生、交番のお巡りさんが、行路《こうろ》病者を連れて来たんです。ご診察なさいますか」

「診ましょう。いいですよ」

「お帰り早々で、お疲れでございましょうに」

「かまいません」

浩一は自ら先に立って、玄関に出た。

ひどく苦患《くげん》そうな朝鮮の老婦人を小脇に支えながら、若い警官が立っていた。

「夜分に遅く恐縮ですが、お願いします」

「どうしました?」

「大分腹痛がひどい様子なんです」

「それはいけません。すぐに診ましょう」

快く診察室に招じ上げて、もったいぶる気配もなく、診察にかかった。

元来、浩一は内鮮《ないせん》の混血児だった。父親が朝鮮《ちょうせん》で、母親は静岡なのだった。両親が釜山《プサン》で雑貨問屋

を経営していたので、中学までは彼方で卒業したが、高等学校と大学とは京都へ来て卒業した。早く戦時中に商売に見切りをつけて、母親の郷里に引き揚げた一家は、宿痾《しゅくあ》の腎臓病で父親が死亡した後も、立派に生活の立つものを持っていた。医院を開業できたのも、遺産があったればこそで、混血児であることを除外して、こうした意味だけでは境遇が恵まれていた。

今、連れ込まれたのが朝鮮人だったので、浩一は同胞愛を喚起して、損得をはなれて脈をとった。慎重に診察した結果が、痛風《つうふう》の発作とわかって、患部に温罨法《おんあんぽう》をして、アトファニールの筋肉注射を射った。

「今夜はここへ寝かせてあげましょう」

「それまでにしていただけたら、誠にありがたいですな。ご覧の通り言葉がよく通じませんので、閉口しました。これで、私の肩の荷がおります」

やがて、警官は責任をはたしてほっと安堵したもののように、礼を述べると、明朝また訪ねることを約して帰ったが、そのあと夜の静寂を縫って、大谷《おおたに》墓地のあたりから、犬の遠吠が聞えて来た。夜も大分更けたらしい。

ふと浩一の心に、駅前で会ったパン助の顔が、反芻《はんすう》作用でもあるかのように、まざまざと思い浮かんだ。

二

東海道本線のガードに近い加茂川堤は、塵埃《じんあい》の山で埋っていた。近くに、いつもの朝鮮の目脂癩瘡《めやにとうそう》果ては痘痕《みっちゃ》の洟《はな》たれっ子たちが、ほとんど裸体に近い風俗で、砧《きぬた》うつ洗濯女や長煙管《ながきせる》を喫《ふ》かす老人の間を縫って、遊び戯れている空地《あきち》があり、それを眼下に見下す位置に、大きな門構えの家があった。河合芳太郎《かわいよしたろう》と標札を出した門を入るならば、時節柄、わんさと群集する蝿が飛び立つ前に、まず異臭鼻をつく奇怪な堆積が目に止まる。

ここは、屠殺場《トンコッバ》の出物を払い下げて業とする、臓物屋なのだ。主人の芳太郎は三十前だが、人間はしっかり者で、土地の青年連盟の幹事役を引き受けていた。母親との二人暮しで、まだ独身なのには訳があった。

その庭先へ今朝方までに山と積み上げたのは、闇列車の窓から放り出された手荷物だった。リュックサックが多数だが、その外容は千差万別、手当り放題に放り出しただけのことはあった。

荷物には通し番号が打ってあって、帳簿を見ると、一見して拾得者《しゅうとくしゃ》がわかるのだ。これらの世話は、土地の青年連盟が一手に引き受けていた。

荷主があらかじめ荷物の目印とか内容とかを申し出ると、現物と照合してくれるが、その際、荷主が支払う一個百円の手数料は、そっくり拾得者に支払われる。荷主が現れないで、現物が拾得者の所得になる分に対してのみ、現物切半の賦課徴収をする。これは馬鹿にならない青年連盟の所得なのだ。

荷主も大方は心得たもので、ほとんどが午前中には引き取ってしまってくれるから、夕刻まで残るのは、大概が荷主の出ない口なのだ。

荷主はあとからあとからひっきりなしに現われた。いずれも顔なじみのかつぎ屋なので、手数料もはずんで出した。

夕刻になって、この投げ荷の整理がひと片付くと、青年連盟の連中が幸福仁の酒場「白鳥《しらとり》」に引き揚げて、慰労会を持つのもいつもに変らぬ筋書で、今日も一同が「白鳥」へ乗り込んだのは、六時少し前だったから、外はまだ明るかった。

この大衆酒場の常連というのは、日雇労働者が上の部で、博徒《ばくと》や愚連隊から街のアンちゃんといったところ。一つ口のきき方が間違ったら、どこからビール瓶が飛んで来ないものでもない雰囲気なのだった。みんな大声で思い思いのことを喋り、あるいは酔ってひっくり返り、ところかまわず反吐《へど》を吐く。それを魚にまた一杯やろうという連中ばかりだから、始末が悪い。

さすがに、今日は青年連盟の同志だけで、店内を占拠した恰好《かっこう》だったから、幾分安逸《あんいつ》な気分が横溢していたが、土地の風格には変りがなかった。

それでも、こんな店にも女はいた。二十七、八で、淡いブルーのワンピースで、色のついたゴム引きの前垂を腰に結び、パーマで縮らせた髪が赤茶色なのに、唇《くちびる》がまたやけに赤い。身体つきもゴツゴツとして大きく、荒くれ男も屁の河童《かっぱ》。ひと皮剥いたら病毒に蝕まれて、肌に斑点も見えようという代物だが、名前だけは女学生じみて、小夜子《さよこ》と言った。

昨夜からの動員で、さすがに疲労した青年たちは、ひと騒ぎわっと騒いで引き上げたが、幹部どころの四、五名がまだあとに残った。

「お小夜はん、もう一杯注いどくなはれ」

「芳はん、そないに飲んでも、大事おへんか」

「なあに、これしきのことで、へばりおったらどもならへん」

「もうええ加減にしなはったら、どうや」

「飲ましてくれへんのか。ほんなら、もう来てやらへんがな」

「そしたら、店もせいせいするでしゃろ」

「ヘン、こいつ。口のへらん女子やな」

そこへ外から二人づれの酔客が、ふらふらと入って来た。いずれもずんぐりした身体を、油染みた菜ッ葉服に包んでおり、顔の色は陽《ひ》にやけて黒く、癖のある目つきの男たちだった。

「姐はん、ドブロクをおくれンか」

年嵩《としかさ》の男は椅子に掛けると、注文を出してつれの男を顧りみた。

「帰るまでは持つさかい、心配せんでええわ」

「降られて帰るのも、満更ぢゃあらへんさかい。ようし度胸を据えて、飲んだろ」

この付近には見慣れない風態の客だった。ふりの客だけに、連盟の青年たちは誰もが一様に敬遠した。

一人の客がコップを一気に飲み乾すのを、

「ほうれ、ここら辺のドブロクは格別にうかいことでっしゃろ」

と、他の一人が歯を剥き出して機嫌よく笑いながら、囃し立てていった。

このなんでもない言葉が、芳太郎の感情に突き刺さった。黙って立ち上がった芳太郎《よしたろう》は、仲間の新《しん》一《いち》に目配《めくば》せをして、ぷいと表へ姿を消した。それで、新一も一歩おくれて表へ出て行った。

芳太郎は「白鳥」の店から数軒先の電柱に靠《もた》れて立っていた。

「芳はん、どうしたんや」

「奴等はデカのスパイや、ドブ倉を探しに来たんどっせ」

「ほんまにそうや。俺もひと目でそないに睨んだわ」

「こいつはちょっとうるさいことになりそうやな」

「危《やば》いようなら、先手を打たんならんでっしゃろ。こらえらいこっちゃ」

「済まんが、見張っていてくれへんか。俺はなかへ知らさんならんよってなあ」

初夏の夜はようやくとっぷりと暮れて、数匹の蝙蝠《こうもり》が家並《やな》みを掠《かす》めて飛び群れていた。

三

八坂《やさか》神社の丹塗《にぬ》りの門を入ると、こんもりとした樹立《こだち》の蔭を斜に石敷道がついていた。この辺りは涼みの人影も見えず、恋を追う男女にはこの上もない深い闇の色に含まれていた。

浩一は純子《じゅんこ》の肩に手を置いて、祇園《ぎおん》の電車の軋《きし》りを聞きながら、もたもたした感情を整理しようとして唇《くちびる》をなめた。

「早く帰って来ようと思っても、まさかそうばかりもいきませんでねえ」

「今夜のお約束があったんですもの、きっとお帰りになるとは思っていましたわ。でも、昨夜が遅くて、お疲れだったでしょ」

「いいえ、あなたのことを思うと、やはり京都へ帰りたい一心で、飛んで来ました」

「まあ、お母様がこんなに早くよく帰してくだすったわね」

「母はとても理解があるんです。今夜の約束のあることを話したら、黙って帰してくれました」

「私のこと、お話になったんですか」

「ええ、そもそも最初から話して来ました。母も大変喜んでくれましたよ」

浩一が純子を知ったのはこの時のこと、純子が妙法院《みょうほういん》の通りでトラックにはねられて、担ぎ込まれたのを治療した時が最初だった。大した怪我でもなかったので、毎日通って治療に来るうちに、若い者同志は急速に接近して、休診の日には松竹座の映画も観たし、東山の緑の小径を散歩もした。

二人が離れられない関係を結んだのは、五月下旬の宵、清水寺《きよみずでら》から歌の中山へ続く静かな清閑寺《せいかんじ》への新緑の道を歩いた時のことだった。

松の根方《ねかた》に並んで腰を下して、とりとめもない青春の会話を交わすうち、浩一が声を弾ませて、真剣に訊ねた。

「もしも私がプロポーズしたら、受けてくれますか」

「さあ、そんなお返辞を今すぐできるほど、心に準備していませんわ」

と、純子は明瞭に答えた。

「どうして?」

「それは言えないわ。なんとなく、私たちは一緒になれそうにもないと思うのよ」

「あなたに愛がないとでもおっしゃるんですか」

「ううん、信じて。私、あなたを心から愛しているわ。私あなたのものなのよ。でもね、どんなに二人が愛し合っても、結婚なんて覚束ないことよ」

「どうしてだろう。私にはわからない」

「そんなこと、今は分らなくなってもいゝのよ」

浩一は純子の背に手を回して、自分の胸へ引き寄せると、長い睫毛の瞳をじっと見つめた。純子は初めて経験する抱擁に呼吸も乱れがちになって、身体の硬直するのを覚えていた。

「その理由を聞かせてください」

「いやよ。そんなことは考えないでもいゝことよ」

純子が昂奮で大きな呼吸に喘ぎ、自覚もせずに男の片手を握った瞬間、浩一のふるえるような唇が、その上に覆いかぶさった。はっと息も詰る思いで目を閉じると、そのまま純子の心臓は破裂しそうな思いがした。

こうしてお互いに胸を近づけていると、あの時の昂奮がまた胸に蘇って来て、浩一はそっと唇を求めずにはいられなかった。思いしな腕を肩から背に回して接吻しようとすると、純子はそれを拒んで言った。

「いけないわ」

「どうしたんです?」

「私はやっぱり駄目なんだわ。あなたと結婚できる身分じゃないんだわ」

「え、どうしてです?」

「私、日本の籍じゃないんです。朴純桂ってのが本当の名前なんです」

「そんなことは平気です。私の父も朝鮮の生まれでした」

「でも、あなたのお家は立派なんでしょ。私のところは、今じゃ柳原の部落者ですわ。父はドブロクの密造をやっています。兄は博徒のやくざです」

「それがなんです。私たちの恋愛の障害にはなりません。民主的社会に階級の差別はないはずです。新しい時代の曙《あけぼの》が来たんです」

「いいえ、それは理屈の上だけのことですわ。日本の現状ではまだまだ昔の慣習が、社会的に狭い門になっていますわ。現に私は、姉が結婚に失敗したのを、見て知っています」

「私は環境に支配されるほど、弱虫じゃないんですよ」

「でも、古い社会の意志と新しい個人の愛情との間で、私は決断がつかないんですわ」

浩一は今更のような純子の言葉がうらめしかった。

「明るい通りへ出て、お茶でも喫《の》みましょうよ」

と、純子は既に歩き出していた。

どんなことがあっても、純子さんと結婚して見せる。特殊部落の者でもいい。私は時代の先駆者になって見せる。そう心に誓いながら、浩一は純子のあとを追った。

祇園の通りに出ると、散策の人々さえがせせこましく動いているように見えた。

街角に眼の覚めるような美しい装いを凝らした三人の舞妓《まいこ》がつと現われて来た。何ごとかとひそひそと語り合いながら、小路を曲って来て、純子たちとすれ違った。

小刻みな木履《ぽくり》の音を後に聞き流しながら二人は南座の側を歩いて、四条《しじょう》の大橋を渡った。

「あっ、純子や」

大橋の袂《たもと》で、人込みのなかに純子たちを発見して、立ち止まった女があった。

京都駅前で浩一に誘いをかけたパン助だった。昨夜といささかも異るところのない白のワンピースを着て、ナイロンのバッグを抱えていた。これは純子の姉の泰子《やすこ》だった。

純子に彼氏ができたとは夢想もしなかった泰子は、これまでの自分がヒロインだった幕が終って、今度は純子がヒロインの幕があきかけていることを知った。時代の転移というものに気がついて、一瞬淡い感傷に浸って、呆然と立ちつくした。

その肩を後からぽんとたたいたのは、単衣《ひとえ》紬《つむぎ》に錦紗《きんしゃ》の兵児帯《へこび》を太目に巻いた、五十年輩赭顔《あからがお》の男だった。

「もしもし、泰子はんやったなあ」

四

部落にあるドブロク密造所は、朴根昌の経営するところ。特殊部落に盤踞《ばんきょ》する鮮人《せんじん》仲間でも、金力を持つことでは指折りの男だったから、企業を経営しながら部落の賤民《せんみん》をうるおし、人望を一身に集めていた。いわば、いま日の出の勢の朴根昌だったが、それほどの男でもどうにも手に負えないことがあった。

それは、春以来世話する人があって、河合《かわい》芳太郎こと金芳成との間に、まとまりかけた縁談を忌避《きひ》して、敢然家庭に反逆し、家出を決行した長女泰麗のことだった。

実際、泰麗の泰子が家庭に反逆した理由を考えてみても、父親には更に納得の行くものではなかった。芳太郎が部落の青年のなかで将来性のあることは、衆目の一致するところで、この縁談には父親自身が乗り気だったのだ。それだけに父親の責任に於て、娘の行動に瞠若《どうじゃく》とした。かつて日本人との結婚に失敗した経験をもつ泰麗ではあったが、若い者の世界が、今では隔絶したものにさえ思われた。

朴根昌には一男一女があったが、長男は競輪に熱中した挙句、その道のやくざ稼業に堕ちて、家には寄りつかなかった。長女もまた家出をしたとなると、今では二女の純子だけが手の中の玉だったのだ。

朴根昌は急に年をとったように見えた。

四条大橋の袂で、泰子の肩をたたいたのは、柳原部落の界隈に縄張りを持つ図越《ずこし》の親分だった。

「あら、旦那はん」

とあわてる泰子に、親分はおっとりとした態度でいった。

「ちょっとその辺までつき合いな」

素子を伴れて、近くのなるべく客の薄そうな喫茶店を選んで入った。

「なにがええ?」

といって、素子の方におだやかな顔を向けた。

「なにやかてようおますがな」

遠慮がちに答えた。

「アイスクリームをくれてんか」

と、スマートなドレスを着た喫茶ガールにいってから、親分は扇子で風を入れた。

「あんた、家を出たそうやないか」

「はあ」

と、度肝を抜かれて、どぎまぎした。

「とっつぁんがえろう心配しとるがな。早う帰るがええで」

そこへ運ばれて来たアイスクリームを、二人はだまって食べた。

「帰り難《にく》い風《ふう》にやったら、話はつけたがるさかい、帰ったらええに」

「よう決心して出たもんや。二度と帰る気はあらへんわ」

と、泰子はきつく言った。

「あかん、あかん。そないにきつう言うても、すぐと後悔することになるんやぜ」

「私、部落に帰るのはどないしても厭やわ」

「そうや。あんたの言い分、一度聞かしてんか。そいで、あんたの言うのが正しい思うたら、何も言わんと、あんたの言いなりにまかしとこ」

そう言われても、泰子はまだ頑《かたく》なに折れなかった。

「旦那はんの気持ちはようわかるのやけど……」

と、言葉尻を濁して、黙ってしまった。

親分はふと思いついたようにして、

「うん、そうや。こないなとこでは話しにくかろさかい、家へ行こ。そしてゆっくりと相談したら、どうや」

「そないして、お手数かけてもあきまへんわ」

「まあ、ええわ、あんじょうええように考えたげる。まかしておくがえゝ」

そとへ出ると、四条の駅前からハイヤーを拾って、七条新地に近い図越の家まで乗りつけた。門燈《もんとう》の出た格子戸《こうしど》を開けて入ると

「おかえりやす」

三下《さんした》の鉄《てつ》が玄関に顔を出した。

「お客はんや、二階へ案内してんか」

「へえ」

泰子は鉄の案内で、すぐと二階座敷へ通された。

部落者には図越一家の息がかゝっていた。朴根昌は特に親分と親しいつながりがあって、泰子はこれまでにもつけ届の物を持って、幾度か訪ねて来たことはあったが、二階座敷へ通るのは今夜が初めてだった。

風がよく吹き込んで、座敷簾《すだれ》の裾を嬲《なぶ》っていた。

「かたくならんと、楽にいたらええで」

親分が現われて言った。

「噂やと、芳を嫌うての家出やそうやないか」

「ちがいまんが……」

「こらあかん。別にわけがあるのんか」

「芳はんでのうえも、部落んちでかたづくのが、厭で厭でならんのどっせ」

「怪体《けったい》なこと言うのんやな」

と、驚きの瞳を見張った。

「考えても見やはいな。一度結婚に失敗した私どすさかい、なにもかもようわかってまんね。部落者はいつまでも部落者で、いつも浮ぶことがあらへんわ」

「そないなことというて、ほんなら、どないする了簡《りょうけん》や」

「なんどもええで、部落者だけ止めとこ思いますねん。そのためにはパンパンでもかまへんで、ひとり食べんならん思うとるのでっせ」

「なんや阿呆《あほう》らしい。そないなこと言わんとおおき。部落者のどこにひけ目を覚えるんや」

「ほんなら、聞きまひょ。世間では、部落者にええ顔せんやおへんか」

親分は初めて大声に笑い出した。

「なるほどな。部落者よりパン助の方がましかいな」

その時、遽《あわただ》しく階段を踏んで、誰かが上がって来た。意気込んだ男の声が、

「親分、柳原に事件ができましたえ」

「なんや。はっきり言うてんか」

「土地の若い者が、デカとぶつかったと言うてまっせ」

「ふう、ほんなら、ほったらかいてもおけんわ」

親分は屹《きっ》っと腹を据えていった。

五

「ドブロクは柳原に限るというもんや」

「ほんまや。なあ、姐はん、これからは毎日出向いて飲ましてもらうさかい。ようサービスしてんか」

「白鳥」の酒場で、菜ッ葉服の二人づれは腰を落ち付けて、飲み呆けていた。

「こちらはん、よういわんわ。初めて見えて、もうてんごう言うていやはる」

と、小夜子が浮気っぽくいった。

「まああ、姐はんを狙うて来よう言うてんのやあらへん。ドブロクがあてや。安心しいいな」

となり合わせの席に、きっかけを待っていた土地の若者が、この時ついと身をひるがえすと、凄みを利かせていった。

「よう、ドブロクのなにがあてや。聞かしてんか」

なにかただならない空気が漲《みなぎ》った。

入口に芳太郎と新一とが立ち塞《ふさ》がるのを見ると、小夜子は急迫した事態を感じて、そっと奥へ退ってしまった。

目に見えない殺気、それは死を直感した刹那、誰にでも鋭敏に感じられるものだった。菜ッ葉服の二人も、この異常な形勢を知って、ぞっとした。正に戦闘態勢を整えて、立ち上ろうとした瞬間、

「警察《サツ》のスパイ奴ッ！」

凄んで見せた男が罵声《ばせい》を放った。

相手は虎口を脱する態勢をとろうとしたが、不覚にも酔い過ぎていた。身体が硬ばって自由を欠い

た。身を躱《かわ》す隙もなかった。

ビール瓶が年嵩な一人の脳天で砕けた。よろよろと二、三歩よろめいて倒れた。

若い方の菜ッ葉服が、突嗟《とっさ》にピストルを取り出して、相手を狙った。

ダーンと一発。

それで相手は崩折《くずお》れるように、がっくりと膝をつくと、前のめりに倒れた。

それを視野に入れて、表へ跳び出そうとした瞬間、横合からはっしとばかり、一升瓶がその脳天を打った。

頭が柘榴《ざくろ》のように口割れして、顔面に血潮が滝のように流れた。そしてそのままのけぞった。

一瞬間に三つの屍体《したい》が転がった酒場の中は、脳漿《のうしょう》と血汐とで目も当てられない惨状だった。

血を見て一層猛り出した連中は、どっと戸外へなだれ出ると、部落の入口にある交番へ向って殺到していった。

不意の襲撃に、交番詰の巡査が対抗する余裕はなかった。無数の投石がガラスを破った。そして暴徒の数は後から後から増して行った。彼らはなにか訳のわからない言葉を口々に叫んで、猛《たけ》り狂った果ては、巡査を血祭りに上げてしまった。

図越《ずごし》親分が急を聞いて鎮圧に乗り出した時は、既に遅かった。全部落は部落の生命線としてドブロク密造所を護るために、青年を糾合して決起《けっき》した後だった。

闘魂に燃え、殺気を孕《はら》んだ人間の集団は、実に無気味で恐ろしい破壊力を持っていた。暴徒の集団とこれに対峙する警官隊とが、部落の入口付近で激突したのは十時過ぎだった。せり合いの罵声は怒号となり、やがて叫喚となった。叫び、殴り、倒れ、そして警官隊は前進を焦慮し、暴徒は武器をとって反抗した。

一分隊の警官は、七条大橋詰から加茂川堤に沿って、部落内へ鋭角を作って突入した。そこにもまた血の雨が降り、血の虹が架り、幾人もの人々が藁屑《わらくず》のように磧《かわら》へ蹴落とされていた。どこやらで銃声がなった。それがきっかけで激闘は一層激しくなった。

ちょうど自動車レースのように、駆けつけて来る各新聞社の連中は、その血闘の中を駆け回り、叫喚を縫って何本かのフラッシュを焚《た》いた。救援の警官隊は次々と現場に到着して、ますます凄愴の気をあふるばかりだった。

雨を呼ぶらしく、東山を越して吹きつける風は、次第に強くなりまさった。加茂川の川波も、爬《は》虫類《ちゅうるい》の蒼鱗《そうりん》のように戦慄にそよいで、ぎらぎらと異様に光って見えた。

部落が叫喚に埋まり、流血の乱闘に混乱する時、部落の一部に火の手が上った。それを見ると、警官隊は一挙に発火点へ押して行った。

発火点は朴根昌の住宅だった。ドブロク密造の証拠湮滅《えんめつ》を図っての放火だった。ここにも荒々しい土足が踏み込んで来て、もの凄い乱闘が続けられた。

警官隊が住宅裏の密造所へ突入した。そして火焔《かえん》の中から続々と証拠物件を運び出したが、その間、断続的に引火したアルコール分の爆発が起って、作業は困難を極めた。

暴徒たちはまた大挙して逆襲して来た。そこここに乱闘の人影が火叢《ほむら》に躍って明滅した。

乱闘数刻の後、数十名の検束者を出して、暴徒の騒擾《そうじょう》が鎮圧された時、部落には墓場のような静寂が来た。そして、生温《なまあたたか》い風が大粒の雨を伴って、強く吹きつけて来た。

朴根昌の住宅の焼け跡はまだくすぶっていた。焼け落ちた残骸から、細い煙が幾条も立ち昇っていた。

警備の警官もまだ配置されず、現場はそのままに放されていた。

泰子はこの変わり果てた焼土に立ちつくして、なにものへともない憎悪の念に駆りたてられるのを覚えた。

六

暴徒の騒擾が鎮圧された後に、烈風を交えて、車軸をも流さんばかりの豪雨が襲来した。この豪雨は朝になっても熄《や》む形勢はなく、加茂川は刻々と増水し溷濁《こんだく》の渦を巻いて流れた。

この豪雨に傷害跡の血痕はあとかたもなく洗い流されてしまったものの、部落の人達の怒りはまだ心頭に燃えていた。部落者の間には不安と動揺とがあって、一層猜疑《さいぎ》的にそして孤独的になって、部落外の者に敵愾心《てきがいしん》を募らせていた。

過激な分子の間には、長老の制止をも聞き入れずに、検束者の奪還を策する向きもあり、死を決して銃砲火薬類を密かに動かし、再挙決戦を挑もうとする向きもあってなお危険を孕んだまま、爆発への空気が上昇しつつあった。

そうした間にも、軽挙阻止の布令は次々と発せられ、僅かに弥縫《びぼう》して事なきを得ている状態だったが、今朝は図越親分の肝入りで、小学校に部落の有力者を緊急招集し、事態の円満解決と善後処置についていて、砕心協議を続けていた。

その時分、豪雨を犯して、部落側の負傷者を軒別に手当して回る篤志の医師があった。鹿谷浩一が自発的に博愛の精神を発露した巡回だった。レインコートの襟を立て、洋傘を傾けて雨を避けながら、次の患家を探して来る途中で、

「止れッ！」

突然、立ち現われた数名の壮漢に、前後を取り囲まれた。

「警察の者やろ」

「とんでもない。僕は医者ですよ」

「そないなこと嘘や。柳原へは一切立入り禁止のはずやないか」

「負傷者を手当てして回っているんです。清水新道に開業している鹿谷です。決して警察の者じゃあ

りませんよ」

はっきり身分を打ち明かされて、壮漢どもは気勢を殺《そ》がれ、いささかたじろぐ風だったが、なかの一人がやをら進み出るといった。

「ほんなら此奴《こいつ》や。朴はんとこの純子をたぶらかして、始終、四条やたら新京極《しんきょうごく》やたらほっつき歩くちゅう女誑《だま》しの男や」

「道理で、のっぺりとした面やないか。芳はんとこの納屋《なや》につれていて、しばらく牛の頭でも抱かして置くがええぜ」

どっと哄笑が壮漢どもの間に湧いた。

殺気立って智性を喪失した彼らはこの動議を無批判に容《い》れて、一人の浩一を遮二無二引き立て、行った。部落の娘に手出しをしたという青年の嫉視《しっし》が、無法な腕力を行使させるのだ。そして浩一は芳太郎のところの納屋の中へ幽閉されてしまった。しかし、浩一にしてみれば、なぜに幽閉されたのか、理由が皆目わからなかった。

扉を閉めた納屋の中は、むんむんと蒸せる思いがした。昨日の臓物は始末もつかず、片隅に蝿の跳梁《ちょうりょう》に委され切っていて異臭が鼻を衝いた。この先がどうなるのかも見当がつきかねた。不安な気分だった。

雨は豪勢に降り止まなかった。亜鉛葺《あえんぶ》きの屋根のこととて、耳も聾せんばかりに喧《やかま》しい雨足の騒音だった。

小学校の緊急協議会では甲論《こうろん》、乙駁《おつばく》、数時間を費した挙句、当局へ陳情書をて提出することとなり、どうやらそれが起草される段取りにまでとり運んだ。起草委員が別室に移って、文案を練る間、休憩となった。その時、誰からともなく、教員室での話だと、加茂川が危険水位を突破したそうだと一座に報告された。

やがて草案ができて、満場一致可決決定した時には、堤防決壊の恐れがあり、塩小路橋《しおこうじばし》が大分危険は瀕《ひん》した状態にあるという報告に接した。一座はまた新しい災禍を前にして動揺した。

陳情委員たちが図越親分の案内で、市警本部へ出頭すると、署長は河川の増水に備えて、非常態勢を指令するところだった。

「ガード下の低地は、床上浸水を始めたんだぜ。落ち着いて、君たちの陳情を聞いてもおられまいじゃないか」

署長は凛然《りんぜん》として言い放った。陳情委員たちは頼る綱もない気持ちがした。

「こんな場合やで、署長はんのいやはるところももっともや。どうや、陳情書だけでも受け取って貰うて置いて、いずれもの出水の騒ぎが落ち着いてから、改めてお願いに出るのがええやないか」

と、図越親分が口を挟んだ。

そこで、委員たちも鳩首《きゅうしゅ》凝議の結果、代表者が言った。

「なにもかも旦那はんにおまかせするさかい、あんじょうええように頼んまっせ」

「宜《よろ》し、わしが引き受けまひょ。なあ、署長はん、こないに並べて来やはったのは、みんな部落の顔役や。陳情書だけなと受け取って貰うて、あとは何分穏便な話をつけて欲しいのや」

「わかりました。できるだけのことは考慮しましょう。何分委細のことを話している余裕がない、今の場合です」

「そらええな。そこまで腹を割っておくれやしたんえ。これで引き取りまんがな。こらおおきに」

図越親分は署長の前に低く頭を下げた。

七

昨夜の騒擾に危く検挙の手を逃れた芳太郎と新一とは、部落の乾物屋李子青の奥の間に潜伏していた。昂奮の後の疲労にぐっすり寝込んで、目が覚めたのは午後も大分遅かった。

「よう眠ったやないか」

「ほんまや。えらい降りやな。降り通しと見える」

「こないに降られると、昨夜から持ち越した昂奮の頭を圧《おさ》えられて、しょうもない」

「そやけど、ルビコンを渡ってしもうたんや。この先、どないするねん」

と、新一は今更のように芳太郎の顔を覗いた。

「東京へいてしばらく息を抜くのや。心配することあらへん」

「一緒につれていてくれやはるか」

「あたりまえや。万事心得ているさかい、大船に乗ったつもりでいて結構や」

芳太郎の脳裡には、一昨日偶然に訪ねて来た東京二子玉川の金圭蓮伯母のところへ、落ち延びることを考えていた。それは素直な着想だった。

一旦落ち延びて、落ち着いたら、人夫をしてもどうにかやって行く自信はあった。心配なのは、母親一人を置き去りにすることだったが、部落の青年連盟で面倒を見てくれるに相違はないと思った。

芳太郎はただ逃亡の路に就いて考えればよかった。

唐突《だしぬけ》に、部落の半鐘が鳴り出した。

脛《すね》に疵《きず》持つ二人は愕然として、顔を見合せた。

「なんやろ」

「手入れやおへんか」

「まさか」

廊下に足音がして、誰やらが近づいて来る気配がした。二人の神経はすっかりこの足音の方にひきつけられて、動悸が高く波打つのだった。

廊下に姿を見せたのは、腰から下をづぶ濡れに濡らした素子だった。これは誠に予想外のことだった。

「寄せてもろうてもよろしおますか」

と、泰子は廊下に立ったままでいった。

「かまへんがな」

「えらいことやったな」

泰子は芳太郎にずんがりと言った。

「あんたはん、驚いたでっしゃろ」

と、芳太郎が訊ねた。

「そないに驚きもしまへんがな」

「いつ帰って来やはったんか」

「昨夜戻ったのどすえ」

「家が焼けてしもて、小父はん、どこにどないしていやはるねん?」

「私は知らへん」

と、泰子は静かに打ち消して答えた。

「へえ、家族の安否を探していやはらへんのか」

「外に探す人があったんやで」

「ほら、誰や」

「まあ、誰でもえゝこと。言わんとこ。私はな、ずいぶんえらいこと方々で聞いて、ここを探り当てて来たんやわ」

「そら、なんでや」

「あんたはんにひと言《こと》いいたいことがおましたさかい。なあ、へ、芳はん、どない考えで堤《どて》へはいきはらんのえ」

「堤へ？」

「そうや、しんねりむっつりしている場合やおへんがな。あんたはん、堤の切れるのを知らん顔に見送るのは、どないしたんや」

「そないなこと、なにも知らへん」

「あんたは卑怯や。半鐘が鳴ったやろ。昨夜部落が可愛うて立ち上った人やったら、今こそ堤へいて働く時やおへんか」

加茂川の堤が切れる。泰子の言葉が芳太郎の肺腑《はいふ》をえぐった。

「うん、ほんまや。泰子はん、よう知らしてくれやはった」

芳太郎は新一と堤へ駆けつけることにして、戸外へ出た。横なぐりの豪雨が頬に痛かった。道路は脛を没する態に冠水してしまっていた。

常には啼く川千鳥に瀬音もやさしい加茂川の水も、今はその形相を一変し、満々とした濁水が轟々と猛り狂って流れていた。

七条大橋の交通は遮断され、東海道本線の鉄橋も既に危険に瀕していたし、塩小路橋は冠水してしまっていた。しかも堤防を越えた濁水は、滔々として部落地帯へ流れ込んでいた。

部落の人たちは、決死で塩小路橋の上に立って、流木《りゅうぼく》が橋脚に衝突するのを防いだり、土俵を運んで堤防の上に積み上げたり懸命な活躍をつづけていた。

堤防が決潰すれば、全部落は全滅する。そしてその危険が刻々に増大する。昨夜は敵味方となって対峙した警官隊も、今日は部落を守って活動し、避難民の誘導と収容とに大童《おおわらわ》であった。

塩小路橋はいよいよ危険になった。その橋上に立って、芳太郎はただ一人、流木の衝突するのを防いでいた。「ほ、危い、危い。引っ返せッ」

誰かが見兼ねて叫んだ瞬間、橋桁《はしけた》が浮いて大きく傾斜した。そして、虚空に差し上げた手が目撃者の視界に残っただけで、芳太郎の姿は塩小路橋諸共、水中に消えてしまっていた。

八

三日降り続いた豪雨が降り熄《や》むと、次第に加茂川の水勢は衰えた。

崇高な芳太郎の犠牲は、全部落の人たちに感銘を与え、老若男女の区別なく、協力一致して努力した結果が、ようやく水魔から部落を救うことができた。

しかし部落は大半が床上浸水して、数日はまだ水底に没していた。そして完全に水が退いた時に、部落は泥土に埋まって、至るところに鼻を衝く悪臭が充満した。小路の軒下やガード下などは、ちょうど塵埃を棄て固めたような淤塞《ほさい》のなかにあった。

豪雨の後に、初夏の景気が急激に訪れると、部落はいよいよ溷穢《こんお》なものに見えたが果たして数日後、悪疫が発生し、物凄い勢で蔓延《まんえん》し始めた。

赤痢《せきり》、腸チフス。僅かの間に部落は瘴癘《しょうれい》の巷《ちまた》と化してしまった。

市の衛生班が動員されて、不眠不休の活躍をしたが、水魔に代った病魔は猖獗《しょうけつ》を極めて、病痾に斃れる人の数は増大するばかりだった。

ついに外部との一切の交通が遮断され、小学校に部落防疫対策本部が設置された。部落全住民の健康診断が強請され、十数名の医員が手分けして、軒並みに巡回して診察した。その医員たちにまじって、浩一の姿が見られた。

さて、一旦、芳太郎の納屋に幽閉された浩一が、どうして無事でいられたのか。今回の事件にとっては、蛇足と思われる小さな挿話に過ぎなかったが、これこそは実にこのセミドキュメンタリーの肝要なポイントとなるものだったのだ。

幽閉されて数刻後、外から納屋の戸が開けられた。

「さあ、出て来なはれ。もう大事おへんさかい」

老婦人の声だった。

白の朝鮮服が目に著《いちじる》しくはっきりと見えた。

浩一はようやく救われて出た。

「ひょんな目に逢うたもんえな」

「お蔭で助かりました。突然ぶち込まれたんで、なにがなにやら訳がわからないんです」

「警察の人や思うたんと違いまっしゃろか。許しておくれやす」

「部落の人たちは、いやに神経過敏になっているんです。間違われたのなら、それは私の不運です。本当にえらい目に会いました」

「どこまで帰りやはるんえ」

「清水新道です」

「ほんなら、近うおすな。堤が切れそうやいうて部落の中は大騒ぎやで、今の間に早う帰らはるがええわ」

「へ、そりゃ大変です」

すでに庭先の大門が閉ざされてあったので、老婦人は浩一を案内して一度母屋《おもや》に入り、屋内の通路を抜けて、店先から戸外へ送り出そうと思ったらしかった。

浩一が老婦人に従って、薄暗い屋内に足を踏み入れると、大蒜《にんにく》の臭いがつんと臭った。

突然、座敷の方から疳《かん》高い朝鮮語で話しかけられた。目を移すと、もう一人の老婦人が浩一の方をじっと瞠めていたが、なにやら早口に話すと、通路に立ったのが吃驚して、二言三言二人の間で話し合っていた。

そして、座敷の方のが浩一の側へ寄って来て、丁寧に挨拶をした。

「先だっては済みませんでした」

気がついてみると、一昨日、警官に伴れられて来た行路病者の老婦人だった。

「おや、あなたでしたか」

浩一はこの輪廻にただ呆然とした。善根の無駄ではなかったことを、現実に経験したのだった。助け出してくれたのは芳太郎の母親だったし、助けてあげた行路病者は金圭蓮伯母だったのだ。

この経験は、さらに浩一に善に対する信念を植えつけずにはおかなかった。

部落のために、人種を超越した人道のために、浩一をしてなにものをも顧ずに、医療班で活躍を続けさせる結果となった。

また、こうした火急の場合だったから、部落の娘たちは看護班を組織して医療班に協力し、青年たちは清掃班に奉仕した。

そこには部落を挙げて、博愛精神の凝集だけがあった。

昨日、浩一が所属看護班の一人に懇願されて、その妹を採用し参加させる許諾を与えておいたが、今朝、本部一階の医員室に姉妹揃って顔を出したのを見ると、妹というのは純子だった。

「おや、あなたですか」

「お手伝いさせてくださいます？」

「ありがとう。やってください」

と、浩一は純子の手を執って、かたく握った。

やがて看護班の控室へ戻って来ると、泰子が言った。

「なあ、え、純子はん、あんたたちはいつまでも幸福でいて欲しいわ」

「姉はんかて、早う幸福にならんとあきまへんえ」

「ま、いやらし。芳はんが死なはったんやで、私にはもう好きな人ちゅうようなもんあらへんえ」

と、ただ淋しい笑いを見せた泰子だった。

解説

上原善広

最初で最後の座談会

本書冒頭の「部落問題と文学」は、一九五九年におこなわれた作家の座談会で、松本清張や開高健、そして野間宏など有名な作家が参加している。路地がテーマで著名作家が出ている座談会は、これが最初であり、今のところ最後である。

後述する「オールロマンス事件」の起こったのが五一年だから、この座談会は当然、この事件を踏まえておこなわれた。

もともとは、この座談会の〝発見〟が、本書を編むきっかけとなった。まだ駆け出しだった頃、私は東京八幡山《はちまんやま》にある大宅《おおや》文庫という雑誌専門の図書館によく出入りしていたのだが、ふと思い出して「部落」という言葉で検索をかけたら、この座談会が引っ掛かったのだ。

この座談会を読んだときは、軽い衝撃を受けた。清張や開高など、著名な作家が参加しているだけでもそうだが、その中に野間による「(小説では) 最近は部落ブームということで扱い始めているけれども」（以下、カッコ内は筆者による加筆）という発言や、清張による「いま部落ブームだからなんでもかんでも部落を書きたてるといって（解放同盟が）だいぶ憤慨していますけれどもね」という趣旨の言葉があったからだ。

私はずっと路地というタブーにあらがいながら執筆活動をつづけていたが、その頃（九七年頃）はまだ、一般誌に自由に書ける風潮ではなかった。現在でもそうした風潮は残っているが、当時の比ではない。かろうじて解放同盟などの協力を得たルポなどが載ることがあったが、それも運動組織の協力がなければ無理だった。九七年頃はインターネットもまだ盛んではなかった。

そうしてもがいていた時期に、五九年当時「部落ブーム」があったと読んだときは本当に驚いた。そうしたブームは現在ほぼ絶滅しているのだが、戦前ならまだしも、戦後でも盛んに書かれていた時代があったのを知らなかったのだ。

この一節を読んだとき、私はいずれ路地をテーマにした古い小説を集めてみたいと思うようになった。解放運動は人権意識を高めることにはなったが、同時に自由な創作活動を阻害する大きな壁にもなった。それ以前に自由に書かれた小説は、多くは大衆小説といわれるものだったが、一度、それらを集めてみたいと思ったのだった。どの時代に、どのように路地が取り上げられてきたかを知るのは、日本における路地と表現の問題を語るうえでは不可欠だからだ。

そこで今回は戦前戦後にこだわらず、とりあえず現段階で手に入る読み物の中で現代の読者にも興味を持ってもらえそうな小説を選んだ。今では差別語とされている語句も入っているが、それぞれの時代背景を感じてもらいたいと思い、あえてそのまま収録した。

紹介した作品をとおして、現在の路地について、多くの人がいったい何が問題なのかを考えるきっかけになればと思っている。収録された作品は執筆された当時の時代、その時代を生きた著者たちの感性を現わしているからだ。

この解説では、主として冒頭の著名作家たちの座談会を追いながら、本書の最後に収録されている『特殊部落』と「オールロマンス事件」との関係についても取り上げ、路地と文学、メディア、国の関与といったところにまで議論を広げて考えてみたい。

路地の起源についての議論

この座談会がおこなわれた当時（五九年）は、部落解放運動が盛んになっていた初期の頃にあたる。当時、路地といえばスラムであった。だから住宅をはじめ教育なども含めて、路地の人々の生活を国に保障させ、路地の人々の生活をよくしよう、路地への差別をなくそうという運動が、社会正義として活発になりつつあった頃のことだ。

まず路地がどうしてできたのかという命題について、清張はこう語っている。

「どうして昔から部落民がああいう差別待遇を受けてきたかということになると思いますが、江戸幕府各藩の法令がいろいろあるのを見ますと、笠をかぶって歩いてはいけないとか、その他いろいろのことが明文化されているのですね。武士から見れば下層の町人、百姓がいろいろ表面上は重宝がられているけれども、それよりももう一つ下層のものを作って、彼らに心理的安堵感を与えるという政策がたぶんにあったのではないかな」

開高もこれに呼応して、こう答える。

「少数民族の問題ですが、サルトルがユダヤ人問題について書いている論文を見てもヨーロッパでユダヤ人が迫害される理由について、階級間相互を憎悪で結びつけ、ぜったい一つの階級の感情が権力者に直接むかって上昇しないよう、そのクッションの道具として必要なんだからだという見解ですね。だからユダヤ人というものは存在しない。ユダヤ人はつくられるのだということになるわけでしょう。部落民は日本では、少数民族の問題でないし、ユダヤ人ほど組織化された憎悪や蔑視の対象となっていないにせよ、部落民に対する日本人の内面心理の古い病巣はいまでもやっぱり根深く食いこんでのこっているのじゃないかと思います。つまり過去に組織的に受けた訓練の反映は、今でもいろいろな形で影響をのこしているでしょう」

清張の説はいわゆる「政治起源説」と呼ばれるもので、権力によって政治的に路地がおかれたのだという説だ。これは戦後に広く信じられた説で、当時（五九年）では正しいとされていたが、現在では疑問視されている。路地は身分制が固定される江戸時代以前、中世の頃からあったからだ。

また人種が違う説、いわゆる異民族説も座談会では否定されている。清張はこう述べる。

「人種がちがうということはもう古い説で、今はそういうことはないと思いますね。日本人の形成が雑種ですからね」

これも当時としては当然のことだった。異民族説は主に戦前まで信じられてきた説で、確証がないので現在は否定されているし、これを論じること自体、現在ではタブーとなっている。なぜなら「異民族なら差別する根拠になる」と考えられているからだ。

しかし、論じることまでタブーにするのはやり過ぎだ。私は路地のルーツについて、実際には朝鮮半島や大陸から移ってきた異民族もからんでいると見ている。

私は路地の起源について、あらゆる可能性を否定すべきではないと思っている。それを否定する確証が出てこない限り、わざわざ可能性を狭めることはない。もっと広く論じられるべきだ。そしてたとえ異民族が交じっていたとしても、それをもって差別する根拠にしてはならない。清張も語っているように、もともと日本民族自体がアジアの中では一種の「雑種」なのだから。

天皇制と被差別民

そして、座談会では解放同盟と近い関係にあった野間が、天皇制があるから路地があるのだという論を展開する。これは「解放運動の父」と呼ばれた松本治一郎の「貴あれば賤《せん》あり」という格言をそのままなぞっている論で、現在でも広く信じられている。

私は天皇制について個人的には廃止したほうがよいと思っているが、同時に制度を認めてもいる。この矛盾した考えを持つようになったのは、広く日本を旅した結果であった。今でも田舎にいくと一般地区はもとより、路地であっても天皇信仰は厚い。そのため松本治一郎の説を信じて否定派であった私も、日本の中の問題として、まずは天皇制を認めないと日本における下層民の問題を考えることができない、ひいては差別する側の思いをくみ取れないと思った。差別は相互理解によってしか解消できないというのが私の考えで、まずは路地出身者として、差別する側の思想・信条、習慣に寄り添いたいと思ったのである。

さらに韓国の被差別民・白丁《ペクチョン》を一年かけて取材した結果、天皇制と路地は、本質の部分ではあまり関係ないのではないかと思うようになった。

論理的に喝破すれば、もちろん「貴あれば賤あり」論になるのだが、韓国ではすでに王政は廃止されている。なのに白丁はまだ残っていたのである。これは「貴あれば賎あり」論だけでは割り切れない、何かもっと根深い問題を孕んでいるのではないかと思うようになった。

つまり、路地とはあくまでも意識の問題で、人間というのは理屈だけで割り切って生きてはいないと感じたのである。

社会階層・構造というのは、理屈の上では上位が廃止されたら最下層民も解放されるということになるが、実際はそうなっていない。韓国の他にも、近年の例では二〇〇八年にネパールで共産主義毛沢東主義派の躍進などによって王政が廃止されたが、実際のところ不可触民たちへの差別はなくなっていない。

天皇制というのは、路地と対極にある関係であり、それはもちろん密接に関係しているのではあるが、大衆の意識はそうした社会階層・構造論とは別物なのだ。全てが構造的・論理的に解決するのであれば、王政の廃止された韓国やネパールではすでに下層民や被差別民に対する差別がなくなっているはずだが、形は違ってもその兆候は今のところない。理論と現実はまた違うのである。

座談会でも清張は野間に対して、こう疑問を呈している。

「しかし僕らは、そういう天皇制を維持するために、部落に対する差別態度を残したということは、まだピンとこないのですね」

これは現実主義の清張らしい言葉であり、真実を見抜いている。

対して答えるのは杉浦民平である。

「簡単にいってしまえば、（明治以降に）身分解放令を出しても、経済的には徳川時代のままの、むしろそれよりももっと悪い状況のもとで残された。ほかのところは資本主義の方向にだんだん発展したけれども、資本主義化する資本もない、土地もない、そういう状況におかれたわけですね。根本的に、この問題を解決してゆかなければ、部落民に対する差別意識というものは解けない」

杉浦は八年間、愛知県渥美町《あつみちょう》の町議を務めたこともある記録文学作家だ。その町議の経験を元に、海苔養殖業者の利権争いと地域ボスの土着の実体を書いた『ノリソダ騒動記』を書いている。

あくまで〝解放理論〟で推していく野間も、私にとっては懐かしくいい味を出しているが、路地の差別が厳しいことでも知られる愛知県で町議を勤めた杉浦の分析は現実的だ。当時、まずは路地の環境改善というのが、現実的な差別からの解放の一つの手段だと考えられてきたからだ。

そして、清張はこう主張する。

「僕もいま杉浦さんと野間さんの説明を聞いたのですけれども、理屈のうえでは納得しますけれども、もっと深刻な問題じゃないかと思うのですよ。（中略）身分制度とか社会制度とか、あるいは資本主義という問題以外にもっと、いわゆる精神的な、それからこれは部落民と非部落民のあいだの意識的な、伝統的なものね、これがもっとひどいのじゃないか。それがあるから部落問題ということが部落民の内部で、非常に神経質にならざるを得ないのではないかと思うのですよ。いま吉野さんがおっしゃったように、天皇制をひっくり返してもこれは解放されないということは、ある程度僕もうなずけると思うのですよ」

この清張の発言については、野間も一応は呼応し、こう答えている。

「そう、それだからこそ、文学の力で働きかけられる面が非常にあるんだと思いますね」

路地出身者が差別から解放されるとき

その前に、野間は面白い指摘をする。

「(前略) たとえば戦後、京都に七条という部落があるのですが、敗戦直後の昭和二十年から二十一年の初めにかけては、食べ物のあるところは部落だけだったのですね。そうしたら京都中の人間がここに押し寄せたのです。そして部落の土間にテーブルが置かれてぜんざいが出されるということで、それをみんな食べに行ったのです。そのとき、そこのおじいさんに会ったのですけれども、そのおじいさんは、みんな誰でも来たということで解放されたと思ったそうですね。しかし、それからしばらくして尋ねて行ったところが、今度は悲観しているのですね、そのおじいさんが」

それを聞いた開高は、こう喝破する。

「もとに戻っちゃったわけですか。やっぱり人格の独立は経済に左右される原則ですか。(笑)」

ここには「路地の解放とは何を指していうのか」という命題があるが、これは実は重要な発言である。私は現実路線での路地の解放（部落解放）とは、次の事由によっておこなわれると思う。

一、路地出身者による経済的な成功
二、路地出身者による社会的地位の向上
三、世間一般の思想・信条

一の経済的成功については、日本全国に例が多い。

差別というものが人間の意識の問題である限り、路地が好きか嫌いか、別にどうも思わないといった個々人の志向というものはあるが、それらは曖昧模糊としているので、ここでは具体的かつ現実的な社会事例に絞って考えてみたい。

たとえば路地への差別とは何か。

具体的に挙げれば、第一に結婚差別であり、第二に就職差別である。これは現在も解決されたとはいえない。逆にこれが解決されれば、路地への差別はほぼなくなったと考えてよい。路地が解放されたかどうかを測る、一つの指標である。

では、現在において結婚差別もされない、就職差別もされないとはどういう状況かといえば、まずは路地出身者による経済的成功である。経済的に成功している人が、一般地区でも差別されずに結婚できる例は非常に多い。もちろん具体的な統計があるわけではなく、個人的な伝聞に基づいているのだが、実際にこうした例は多いのである。就職差別については、経済的成功を得ているのだからもちろんされない。

開高健という作家の凄みがあるのは、こうした真実について一瞬で見抜いてしまうところだ。「やっぱり人格の独立は経済に左右される原則ですか。(笑)」という言葉は、開高という作家の本質を現わしている一方、路地の解放の本質をも突いている。ここで開高を「無知だ」となじるのは簡単だが、彼は一方で常に本質とは何か、現実とは何かを考えている。

人間というのは、本質的には金であるという原則。もちろんこれにあらがって生きていくのも人間である。

しかし、まずは「実利が伴ってこそ人は本気になる」という鉄則を無視するのは単なる理想主義である。実際に経済的成功によって差別という問題を克服した人は多い。同和利権が社会問題として認識されて久しいが、これももともとはこの原則にそった結果でもある。金さえもてば、差別なんてされないし、されてもどうってことはないという論理だ。運動団体でいえば、同和会系の団体がこれにあたる。

二の社会的地位の向上であるが、これは学歴などでも現わせる。たとえば京都で実際にあった話だが、路地出身の男と、一般地区の女とが恋愛になり、結婚することになったが、女の親が反対していた。しかし男がある大学で教授職に就くことに決まると、女親は結婚賛成に翻ったのである。

これも経済的成功と同じく、日本全国でよくある話である。路地出身者が社会的に名誉ある地位に就くと、途端に差別されなくなる。路地という下層からの脱出の一例である。

真の解放とは何か

ただし、この経済的成功と社会的地位を得ることによって差別を克服するという事象の共通点は、あくまでも個人的な問題にとどまることだ。それをもってして、日本社会で差別がなくなったとはいえないのである。

そこで重要になるのが、三つ目の「世間一般の思想・信条」である。路地出身者の全てが経済的に成功するか、または社会的地位を得るとは限らない。いや、それができない人の方が圧倒的に多いのである。だから日本社会への問題提議や表現活動は、常にしていかなければならないのだ。

黙っていれば差別はなくなるという人がいる。しかし差別は人の意識であると同様に、土地にも付随している。土地にも高級な土地から、地価の安い土地まであるように、たいていはそこに住んでいるから差別されるのである。

だったらそこから引っ越しすればよいのであり、もちろん引っ越した人の方が多い。だけど簡単に引っ越しできる人ばかりではないし、先祖代々の墓地はそこに残さざるを得ないことが大半だ。

路地の土地は差別されているからたいてい安い。だから売ってもたいした金額にはならないし、そもそも売るのが難しい。また土地が安いという理由で、逆に一般地区から路地へと引っ越してくる人もいるが、こういう人はたいていは金持ちではない。そのため、どうしても比較的低所得者層によって地域が形成されてしまうのである。これは路地の、そして土地の悪循環である。

この土地についての差別を解消するには、大規模な開発という手があるが、それは高度経済成長期に日本でも路地に対しておこなわれた。しかし見栄えはよくなっても、開発が終わるとまた差別されるのである。また考えてみれば当たり前の話であるが、もともといた土地が住みよくなると引っ越したくないのが人情である。

こうなると、ほとんどの人を引っ越しさせるような大規模開発しか手がない。これは中国などの強権的な国ではできるかもしれないが、民主国家である日本ではあまり現実的ではない。

つまり、いったん人の意識に植え付けられた土地への差別というものは、黙っていても一向になくならないのである。特に都市部以外では絶対的である。それよりも社会に訴えた方が効果的だし、何より世に問うことによる日本人の意識改革という意味では、さらによいのだと私は考える。

「こういう差別があるからなくしていきましょう」という啓発運動は大切である。しかし路地というのは日本全国に散在することもあり、一元化された運動よりも、さまざまな多方面からの問いかけの方が重要なのである。

たとえば路地については、戦前から融和運動というのがあった。これは路地の人々の生活をよくしていこう、一般の人々に溶け込んでいけるようにしようという運動であった。融和運動は解放同盟によって否定されるのだが、融和的なアクションや運動も大切なのである。現に解放運動でも、融和的側面はいつもセットであった。

メディアも同じで、たとえば解放同盟がバックについた作品というのは教条的で面白くない。だからネット上では自由に路地のことがよく取り上げられているが、悪意がないどのような運動や活動も、完全否定すべきではないと私は考える。疑問があるなら、それぞれネット上で公開した議論をするべきなのである。

私は、先ほど路地の解放に必要なこととして一から三までを挙げたが、もっとも重要なのは三である。これをいかに実現していくかだが、その目安の一つが、マスコミなどのメディアで自由に取り上げられているか否かにある。これについては最後に触れる。

一九五〇年代の部落ブーム

ところで座談会の前年、五八年に発表した『眼の壁』において、清張は解放同盟から「だいぶお叱りを受けた」と発言している。路地を暗示させる地名や人名があるのは「見のがすことができない」として、清張は解放同盟に注意されているのだ。

「僕はこのあいだ『眼の壁』を書いてだいぶお叱りを受けたのですが、そのとき初めてわかったことは、部落解放同盟の人が、そういうふうに、臭いものにはふたをしていてもだめだ、どんどんマスコミなりジャーナリズムなりによって押し出して、徹底的にやらなければならないというように考えているという説明を聞いて、それはたいへん進歩だと考えたわけです。いままではまったく、ちょっと言葉の端に出たことでもつかまえられてやられたものですよ。そのために恐怖感といいますか、それがずいぶん文学のうえで、部落問題をあつかうのに障碍になったと思いますね」

それを受けて野間はこう答えている。

「それは非常に大きな障碍のひとつだったと思いますね。ジャーナリズムというものが、最近は部落ブームということで扱い始めているけれども、それまではなにかこれを避ける傾向……これを小説、作品にして扱ったら、批評家はうっかり批評できんと避けるか、ジャーナリズムも、うっかりのっけられないと避けるか、もうひとつは、もうこういう問題はないじゃないかというこの三つぐらいで、無関心という状態が成立していたと思うのですよ」

これに対して清張は「いままではね」と答えているが、駆け出しの頃の私はこれに驚き、本書を編むきっかけになったのは前述した通りである。

どうも戦後しばらくは、わりと自由に書けていたらしい。それからなぜか路地をテーマにした小説は避ける傾向にあったのが、最近は「部落ブーム」で増えつつあるというのである。清張も後にその言葉をとって、「いま部落ブームだからなんでもかんでも部落を書きたてるといってだいぶ憤慨していますけれどもね」と漏らしている。

しかし本当の意味で驚いたのは、野間の発言中、「それまでは」からつづく言葉が、そのまま現代に当てはまるという逆転現象である。

つまりこの座談会は、オールロマンス事件をへて、今ある「部落ブーム」をどう捉えていくか、ということに主眼が当てられている。今後、路地をテーマにした小説がなくなるという危惧から開かれたというよりも、現在の「部落ブーム」についていろいろと語ろうとして、座談会が開かれることになったようなのだ。この座談会以後、路地をテーマにすることがタブーになることなど、松本以外、誰も予想していなかったようにも読める。

路地を書く難しさ

実際に解放同盟に「お叱り」を受けた清張は、やはり不満があったのだろう。路地を書く難しさについてこう語る。

「僕らが書くときは、僕は差別感なんかもちろんないし、そのために差別的に書いたわけじゃこれはぜんぜんないのです。それは読みとってもらえたわけです。ところが、書いた本人の意識の中に差別観念があるかないか問われないで、書かれた現象によってのみ判断されるわけです。それで悲惨な部落民の状態をありのまま書くことが侮辱になるかどうかということが問題になると思います。たとえば、こういう悲惨な状態ではいけない。それから理屈のうえでは、もちろん人間には差別的な人格はあろうはずはない。こういうことはだれでもわかっていると思うのです。ただ、その不合理を文字のうえに表して、それが侮辱になるとか、差別感を観念的におまえはもっているだろうといわれますけれども、どこの限界でそれが岐れるかということが、これからも、書くうえにおいて問題になると思うのです」

ここで野間は、正論を語る。

「僕は、遠慮するといけないと思うのですよ。現代の部落の現状がいかに、悲惨かということ、それは徹底的に書かないといけないと思うのですよ」

しかし、この野間の「建前」について、吉野壮児が反論する。

「しかし実際には、僕なんかも、すごく恐ろしげな手紙をもらいました。どうせおまえの書くことは嘘にちがいないから、そういうことはあり得ない、というように。しかし、僕はもっとほかのスラムを書きたくなってスラムを書く場合には、もっとひどいことが、人間の世の中にはおこなわれていると思いますから、平然とそれを書くと思うのです。そういうことで遠慮したくないのですが、実際には悪い影響を与えてはいけないということも大いに考えますので、どこでふん切っていいか書いていて非常に困るわけです」

野間はそれに対して、「小説はいくらフィクションといっても、吉野さんの書いた部落というのは、残念ながら部落の本質をあらわしてないのですね」と冷たく切り捨てている。吉野の小説では路地がキチンと描けていないといっているのだ。

しかし野間のいうとおりにしていたら、はっきりいって大衆小説は成り立たなくなる。座談会の中で野間が一貫して主張していることはちょっと極論すぎるのだ。これだと、たとえば法医学のトリックが出てくる推理小説は、医者になってから書けといっているようなものだ。

ここに問題のカギがあるのだが、まず前提として路地というのはこの作家世代の人にとって、故郷一般に普通にある問題だった。そのため生半可に知っているのである。路地がスラムでなくなり、普通の住宅街になった現在では考えられないほど、当時の路地はスラム化していた。そのため特に路地について勉強しなくても、書こうと思ったら書けたのであろう。

しかし、だからといって全ての小説に路地内部の視点をもてというのは、極論すぎる。また路地内部に寄りそって、バランスをとって書けというのも乱暴すぎる。これでは教養小説になっても、エンタメにはならない。

　また現実に路地といっても、日本全国に四〇〇〇ヶ所くらいあるといわれている。この一つひとつは、昔こそスラムという共通性をもっていたが、実際には地場産業が食肉のところもあれば、その隣の路地では人工真珠を作っていたりして一定しない。路地一つ一つは、非常に個性的なのだ。

　だから、たとえば解放同盟から路地について教えてもらったとしても、それは解放同盟から見た路地であるだけで、けっして「路地の全て」とはいえない。路地の中には解放同盟に属さない路地もあるし、解放同盟が知らない路地もあるのだ。そこをわきまえておくのもまた肝要である。

　話を戻すと、ここで大切なのは、路地を書くならちょっと勉強してから書けばよいということなのだ。しかし、一般地区出身の作家で路地を生半可に知っている人だと、この機微がわからない。

　路地について書く難しさについて、町議を長く勤めてきた杉浦はこう語っている。

「スラムとあれのちがうことは、スラムは不特定なんですよ。ところが部落はそこから逃れられないというところが問題なのです。(中略)それで慎重に扱わなければならない理由があると思うのですよ。部落の人は死ぬまで、どっかに隠れるより以外逃れられないのですからね、そういう点、書く場合に慎重を要するのじゃないかと思うのです。理由としてはそれだけじゃありませんが」

　当時の路地はスラム化していたので、この世代の作家たちにとっては路地を書くことはすなわちスラムを書くことになる。だから、杉浦がそう指摘したのだが、これは当時の一つの指針でもあるだろう。

さらに野間は「藤村の『破戒』に出てくる丑松の顔・肉体は部落のひとのものじゃない。表情だってちがうのですよ。そこのところの問題ですね」と批判するのだが、藤村の『破戒』は今でも名作として刊行されつづけ、さまざまな論評をされている。一方、野間の『青年の環』は絶版になっている。野間の方は超長編だからといわれるかもしれないが、それだけではないのではないか。私はこの差について、小説の本質的な差ではないかと思っている。

私はここで野間に対してやや批判的な立場をとっているが、それはこと路地がテーマになると、野間が読者ではなく解放運動の立場で語っているのが気になるからだ。どの時代にも、こういう作家はいるのだが、それはテーマを路地に限ったことであり、その全ての作品が面白くないといっているのではない。現代作家ではノンフィクションの鎌田慧《かまたさとし》が解放同盟と協力関係にあるが、だからといって鎌田の『自動車絶望工場』が面白くないといっているのではない。それと同じだ。

藤村の『破戒』は、いま読んでも別にどうということのない小説であるが、あれを明治三九年に書けたというのが凄いのである。そうした時代性を無視したら全ての古典作品は成り立たなくなる。

同情論からの出発

このあたりまできて、座談会もだんだんと色分けされてきたように思う。解放運動の方針に疑問をもっている清張と吉野、解放運動に寄っている野間、中間派の杉浦、黙ってしまった感覚派の開高といった具合だ。

つづいて吉野は、野間に対してやり返す。

「たとえば、野間さんの作品の『青年の環』の中に出てくる島崎という人物なんか極めて立派な人物なんですね。みんながそうなってくれることは望ましいのですが、僕は、百五十万人(中略)余もいる部落の人の中で、ああいう人物が何人いるかということは非常に疑問だと思います」

しかし野間はその反論には「僕の小説のことは、おいて」とかわしてしまう。そして中間派の杉浦が「同情から書いてもいいのでは」と問題提議する。

「野間さんの小説の人物のような立派な人間になる。これは、部落全体に要求することはほとんど不可能ですし、またたいへんなことだと思うのですよ。同情、というと優者のもつ感情だから非常に怪しからんといって怒られることもありますが、幅広くやっていくためは同情でもかまわないんだ、それだけの関心をもつだけでも結構じゃないかという考え方をしているところもあるのです。私の歩いた中でも上から見てくれる範囲でもいいから、どんどん書いて広めてもらいたいという考えをもっている人もいます」

ここで待ってましたとばかりに、清張が同調する。

「その同情でこのあいだ問題が起ったんですけれども……。同情ではいけないといわれると、ほんとうに部落問題を扱った小説を書けるのは部落出身者だけで、非部落出身者が書いたものはヒューマニズムとかなんとか云っても、結局同情だというふうにとられそうな気がするのですよ。一段高いところからわれわれを書いてくれたということですね。そこのところに、部落問題を小説に書く壁のようなものを感じるのですがね」

「同盟の人からちょっと聞いたのですが、野間さんも誤りを犯したことがあったとか（笑）……詳しくは聞きませんが。だから誤りを犯したことがきっかけとなって、非常にそれに関心をもって、いわゆる洗脳されるというか、そうなるのはいいことですね、きっかけには」

清張はここで野間を「洗脳」などといってやんわりと見下しているのだが、野間は「そうですよ、文学というものは、誤りを直して進むものだと思うのですよ。この要素というものは非常に大きいですね」と、あまり気にしていない。開き直っているようにも読める。

「ただその誤りが問題で、その場合に部落側の主張による誤りというものが、ただあるがままの状態を、あるがままにリアルに書いていくと、それがただちに侮辱にとられそうだということ、そこに限界といいますか壁を感じるわけです。さっき野間さんが、一度部落の問題と取り組んで、それからフィクションなりデフォルメすることがほんとうの姿とおっしゃったのですが、そうすると、取り組むということは、具体的にいってどこまで……」

そう清張が突っ込むと、野間は「だいたいこういう内容を書こうと同盟の人に検討してもらったとき、そんな解決はちがうのではないかと、いろいろの意見が出てきてとうとう書けないでしまった」

と吐露している。

これでは書く前に解放同盟から検閲を受けているようなもので、野間はこと路地については、作家としての独立性を放棄してしまっている。野間の作品が絶版になり、藤村が自費出版した『破戒』が多くの批判を巻き込みながら刊行されつづけているのも、この点に違いがあるのではないかと私は思うのである。

清張はさらに苦言を呈する。

「だからね、さっき杉浦さんもおっしゃったように神経質、神経質というとおかしいけれども、ちょっと過敏になられると、この部落問題を扱う文学というものはのびのびと出ないのじゃないか。だから、ある程度の振幅は許してもらいたいという気がするのですね」

これは清張らしい率直な意見だ。これを聞いて杉浦は、

「おれたちをエサにして、好きな金もうけをするな、という気持は非常に強いのですね」

と応えている。

この杉浦の指摘は、後に重要な意味をもつ。

「特殊部落」とオール・ロマンス事件

ここでいったん座談会から離れ、本書の最後に収録した『特殊部落』を発端とする「オールロマンス事件」について触れたい。

敗戦後、出版が自由化され、多くの大衆娯楽雑誌、いわゆるカストリ雑誌が発行されるようになる。そんなカストリ雑誌のひとつである「オール・ロマンス」（オール・ロマンス社）の一九五一年十月号に、杉山清一（本名は杉山清次《せいじ》）の『特殊部落』という小説が掲載された。この小説の中に差別を助長する表現があるということで、部落解放同盟京都府連合会が糾弾闘争を展開したのである。

私がこの小説を読んだのは一〇年ほど前のことだが、この小説のいったい何が問題になるのか、正直いってよくわからなかった。

確かに路地の人々も登場するが、主な舞台は朝鮮部落であり、当時の状況を鑑みても、この小説に対する糾弾は難癖にしか思えない。おそらく『特殊部落』というタイトルそのものが差別語だと判断されたのだろうが、この『特殊部落』に対する糾弾闘争は「オール・ロマンス行政闘争」と呼ばれ、部落解放運動が行政を相手にし始めた転換点だと位置づけられている。

しかし、小説に対する意見は、作者と出版社にいえばことが足りるのではないかという疑問が残る。

なぜ一小説が行政を巻きこむことになったのか。

それは、作者の杉山が京都市の職員だったのがきっかけだった。杉山は保健所に勤務していたので、仕事でまわる地域のなかに、朝鮮部落のある東九条が含まれていた。杉山は、そこで見聞きしたものを小説の内容に取り入れたのである。つまり、朝鮮部落で得た情報にもとづき、「特殊部落」を書いたのであった。

そのため解放同盟は、作者や出版社のみならず、杉山が勤めていた京都市も糾弾の対象としたのであった。運動団体が真っ向から行政を糾弾し、当の京都市も協力的に解放同盟の言い分の多くを聞き入れた。それが行政闘争に勝利したということになり、解放運動の歴史の中で大きな転換点といわれる事件となったのである。

この事件の問題性についてさらに詳しく知りたい人には、前川修《まえかわおさむ》の「オール・ロマンス事件の虚構と真実」がお薦めだ。この論文は京都部落問題研究資料センターなどで手に入る。

路地の情報も同和利権の一つ

オールロマンス事件は、まさに時代が生んだ事件であり、同和タブーのきっかけともなった。

事件後の六九年には、同和対策事業特別措置法（同和立法）が時限立法として成立。以降、三三年間にわたって同法により、解同がおこなうことは全て、国が保障した社会的正義になっていく。同和立法ができて国がバックにつくと、完全な同和タブーが生まれてしまうことになった。だからオールロマンス事件をきっかけとして、だいたい六〇年代からは、路地のことを書くにもいちいち解放同盟を通さなくてはならなくなった。

つまりオール・ロマンス事件をきっかけとして、同和立法が制定されると、路地の情報も同和利権の一つになってしまったのだ。メディア全体にとっても、この事件は大きな転換点となったのである。この同和立法の存在は、文学やジャーナリズムの分野で路地を取り扱う際の障壁になっていた。その証拠に、同法が二〇〇二年に失効するとほぼ同時に、同和利権を批判する本やムックが一気に刊行されている。

私は二〇〇二年以降に同和利権絡みのニュースが噴出するのを、不思議に思って眺めてきた。同和利権については共産党が数十年前から問題にしてきたのに、なぜ突然、二〇〇二年以降に取り上げられるようになったのか。

これは解放同盟が社会の正義だったのが終わりつつあるという時代背景の他にも、国のバックがなくなった途端にいろんな形で内部からのリークが始まったと見るべきだろう。つまり情報統制は戦後も、いろいろな形で残されていたのだ。同和利権にまつわる事件というのは税金が伴っているのだから、もっと早く取り上げられるべきだった。

同和利権を取り上げられて困るのは、解放同盟の他には行政および国しかない。つまり六九年に同和立法ができて以降の同和タブーには、ゆるやかな形で国も関わっていたと見るべきだ。そうでないと二〇〇二年以降に同和利権絡みの事件が噴出する原因が説明できない。

国が関わっていた二〇〇二年以前であれば、国も責任を問われかねない。しかし、それ以後に批判されるのは預かり知らぬということになる。実際に同和利権のニュースが流れると解放同盟ばかりが非難されることになるのだが、ここには国による情報操作も関係していると見て良いだろう。だから、同和利権は実は解放同盟だけの問題ではない。国や行政にもそれを見て見ぬふりをした責任があるのだと私は思う。

結局、五一年に『特殊部落』で揚げ足をとられた文学は、その後、いくつかの作品をのぞいて、路地をテーマにしなくなってしまう。五八年に　清張が『眼の壁』で路地に触れたが、解放同盟による「お叱り」を受けたことにより、それ以後は書くことを逡巡するようになる。

座談会を読むとわかるように、解放同盟もある時点までは「もっと広く取り上げてくれ」といっているのだが、そういいながらマスコミに対して糾弾闘争をしている。これでは「取り上げるなということだな」と誤解されても仕方ない。そして野間のように、解放同盟の検閲、または協力を受けないで出すなということに短絡的につながっていく。

路地を舞台に推理小説を書くことの限界

話を座談会に戻す。

清張は『眼の壁』の中で、具体的にどういった点で「お叱り」を受けたのだろうか。

「それは一番いけなかったことは、場所と名前です。こちらは偶然なんですが、これは調べて書いたのだということになって、まず第一番に心証を悪くしたんですね。それがまず非常に刺戟したらしい。そして犯罪者が非常に多いということが強調されて書かれているとか、それから、これは救いがないということ、つまり部落民がこういう犯罪者であって、なんら発展性がないのではないかということを強調しているというので非難されたのです」

「部落解放同盟の方の批判が、極端にいうと、全体のなかの小部分を小さく切り取って批判するというやり方ではちょっと困るわけですね。そういうことがあるから、方法で大胆になれといわれてもこれから書いていく上で、まだ逡巡するわけですね」

小説はフィクションであるから、どれだけリアルに書けるかで成功するか否かが分かれる。だから実名にしたいところでは、ギリギリでも実名で書きたいのが作家としての当然の方針である。

では、今後も路地を舞台にして小説を書くつもりがあるかと、座談会で清張は訊ねられる。

「それはあります。だけれども野間さんでさえ、そういうような、多少躊躇を感ずるというようなことですから……」

「推理小説の根本は、先ほど出た醜悪なところというか、いちばん極限にあるものを描かなければだめですからね。それでそこだけをもって切り出されて、批判されるのは困るということがありますね」

確かにこうした遠慮があっては、気軽に推理小説の舞台装置にしようと思ってもできるものではない。

それに対して野間は、「もう大丈夫ですよ（笑）やはり文学作品、芸術作品というのは、完璧なものだと一般には思われがちだけれども、そうでなくして、ほとんど傷だらけの作品ばかりなんですね」と、あくまでもお気楽だ。小説を一つ、解放同盟によってボツにされたことはすでに忘れ去っている。

そんな野間から、路地を書くときはなぜそのような状況（たとえばスラムであったり、暴力、犯罪など）に陥ったのかの背景を書けば推理小説としても使えるといわれた清張は、「推理小説では（それは）ちょっと困りますね」と、白旗を挙げている。

それはそうだろう。路地でなぜ犯罪者が出るようになったのかについて、推理小説で細々と説明してしまうと、緊迫感などが犠牲になる。「小説とは、読んで面白いもの」を標榜する清張としては、そうすることで作品自体が教条的になってしまうし、何より作家の自由性が失われる。

発言が少なくなっていた開高も同じことを思ったようで、「しかし、推理小説として書くのならば、動機は推理小説のための、ストーリーのためのキーポイントとして心理的リアリティーを与えるだけにとどまってきますから、推理小説として書くのはちょっとむずかしいのではないでしょうか」と、同調している。その後、一九六一年には灰谷健次郎《はいたにけんじろう》が糾弾され、清張の杞憂は現実のものとなる。

清張がいみじくも語った、文学における部落問題への「逡巡」は、七〇年代に中上健次が登場するまでつづくことになる。

文学による解放

先に述べてきたように、在日については、「在日文学」という言葉があるほどなのに、路地には未だそうした言葉もないし、現在も文学はおろか、エンタメにもなり得ていない。

文学における路地というのは、実際に天皇と同じように取り扱うのが難しいテーマとなってしまっている。それは清張が危惧していたように、抗議がくるからだ。

しかし、こうした座談会が文芸誌でくまれたことからもわかるように、実は活字分野がもっともタブーがないのである。メディアというのは、見る人が多くなればなるほど、タブーが多くなる。だからたとえばラジオより新聞、新聞よりテレビの方が、タブーが多くなる。

表現分野で比較的タブーが少ないのは、文学と映画である。

さらに現在ではインターネットもある。一九五九年当時はまだなかったネットが登場し、劇的に情報公開が進んだ。

だが、ネットは匿名性が高く無料であるのが基本ということもあり、作品として論じられるものがほとんどない。クオリティが伴っていないため、より多くの人が楽しめる小説などのエンタメにはなり得ていないのだ。せいぜいマニアが楽しむくらいのものである。

だから売れてもせいぜい数万部の文学（活字）が、実はメディアの中でもっともタブーが少なく、さらにクオリティも高い。だからまず文学でこのタブーを乗り越えていかなければ、メディアは先へは進めないという事情がある。

映画は最近、カメラ技術の進歩により低予算でできるようになったので、もしかしたら映画の方がより早く路地を取り上げられるようになるかもしれない。ネットというメディア革命が起こっても、こうしたメディアの本質自体はそう変わらないのだ。

メディアはいつの時代も必ず自主規制する

これは自分の話であるが、最近ひらいた読者会で、ある読者からこんな話を聴いた。

その人はミュージシャンだったこともあり、テレビの取材を受けることになった。取材班が自室に来て、本棚の前でインタビューを収録しようとしたその時、本棚にあった私の数冊の本が画面に入るとマズいとのことで、本を見えないところに移動してくれと頼まれたのだという。

タイトルに「被差別」と書かれていたからなのか、「路地」と書かれていたからなのかはわからない。しかし、その程度のことで撮影の自主規制をしてしまうことは恐ろしいことである。これが現在のメディアの状況なのである。

この小さなエピソードからわかることは、メディアというのは、言葉でいうほど戦前の反省などちっとも活かしていないし、路地などのタブーないしは権力といったものについて、ほぼ反射的に自主規制するものだと考えてよい。

たとえば解放同盟が正義だった頃は、抗議がくるだけで何もできなくなる。このような状況は、何も戦前でなくてもあったのである。戦前も戦後も、結局は同じような状況だったと見ていい。

しかし、この壁を崩すのは、結局はメディア自身である。だからもっともタブーの少ない（つまりメディアの中では読者の少ない）文学が、これに取り組むことが期待されているのだ。中上がすでにそれを成し遂げているが、第二、第三の中上が出てこないことが問題なのである。「在日文学」はあっても、「路地文学」がないのはこのためだ。

やはり路地をテーマにした文学なりエンタメ作品がもっと出てくるまでは、路地は解放されたといえないだろう。逆に路地を舞台にした小説がもっと出てくるようになり、それが映画のテーマになり、テレビ番組になれば、路地の解放は進んだと見てよいだろう。

つまり路地が娯楽になれば、路地は解放されたと見てよい。

だからメディアの動向はそのまま、路地の解放の一つの目安になる。本書ではあくまで埋もれた作品を紹介し、問題点を指摘するにとどまったが、私自身についても、その課題は重要だと思っている。

新たな「部落ブーム」が必要なのは確かだ。

著者紹介

松本清張（まつもと・せいちょう）　一九〇九年、小倉生まれ。小説家。本名、清張（きよはる）。高等小学校卒業後、職を転々とした後、三七年に朝日新聞西部本社の広告部員となる。『或る「小倉日記」伝』で芥川賞。小説のみならず、ノンフィクションの分野でも活躍。主著に、『点と線』『砂の器』『昭和史発掘』など。

吉野壮児（よしの・そうじ）　一九三三年、鎌倉生まれ。小説家・翻訳家。。リーダーズ・ダイジェスト社で働きながら、執筆活動をした。主著に『歌びとの家』、主な訳書に『笑顔のファシズム』『小公子セディ』『誘惑』など。

開高健（かいこう・たけし）　一九三〇年、大阪生まれ。小説家。寿屋宣伝部でPR誌『洋酒天国』の編集に携わる。『パニック』で注目を浴び、『裸の王様』で芥川賞受賞。その後は、世界を飛びまわる「行動する作家」として知られるようになる。小説に『巨人と玩具』『輝ける闇』『玉、砕ける』など。ノンフィクションに『ベトナム戦記』『オーパ！』など。

杉浦明平（すぎうら・みんぺい）　一九一三年、愛知生まれ。小説家・評論家。立原道造らと同人誌「未成年」を発行。ルネサンス研究を続けながら、野間宏らと雑誌「未来」を発行。町議時代の見聞を『ノリソダ騒動記』としてまとめ、記録文学の先駆けとなる。主著に、『ルネサンス文学の研究』『小説渡辺崋山』など。

野間宏（のま・ひろし） 一九一五年、神戸生まれ。小説家。戦中の青春を描いた『暗い絵』で第一次戦後派の先頭に立つ。差別をはじめ、様々な社会問題に関わりながら、多くの問題作を発表した。主著に、『真空地帯』『わが塔はそこに立つ』『青年の環』など。

岩野泡鳴（いわもと・ほうめい） 一八七三年、東京生まれ。小説家・評論家・詩人。本名、美衛（よしえ）。自然主義作家の一人。九〇年に国木田独歩らと『文壇』を創刊。小説に『耽溺』『放浪』『断橋』、評論に『神秘的半獣主義』、詩集に『悲恋悲歌』などがある。

ロード・レデスデーレ 元日本駐在英国大使館書記官

吉岡文二郎（よしおか・ぶんじろう） 作者に関する情報の詳細は不明。

酒井真右（さかい・まさう） 一九一七年、埼玉生まれ。詩人・小説家。教員をしながら共産党で活動していたが、四九年のレッドパージで教職を追われる。五八年に脱党し、著作活動に専念。小説に『寒冷前線』、詩集に『日本冬物語』『暴風警報』など。

横溝正史（よこみぞ・せいし） 一九〇二年、兵庫生まれ。小説家。処女作は、雑誌『新青年』に掲載された「恐ろしき四月馬鹿」。江戸川乱歩のすすめで上京し、雑誌編集をしながら探偵小説の翻訳・創作を進めた。日本の風土や土着性に根ざした推理小説で人気を集める。主著に、『獄門島』『八つ墓村』『悪魔の手鞠唄』など。

川合仁（かわい・やすし） 一九〇二年、山梨生まれ。作家・編集者。兵役を卒えて平凡社に入社し、雑誌『文化活動』の編集に携わる。その後も、雑誌『潮流』や雑誌『文芸解放』に参加するなど、社会の問題と関わり続けた。

杉山清一（すぎやま・せいいち）　本名は、杉山清次。京都市の臨時職員として働きながら、小説を書いていた。一九五一年、「オール・ロマンス」誌一〇月号に掲載された杉山の小説「特殊部落」が差別小説だと問題になり、京都市が部落解放団体らから糾弾される。これに対し、京都市は同和予算を増やすなどの措置をとった。杉山は臨時職員を辞め、その後は人目につかぬようひっそりと暮らした。部落解放団体からは「行政闘争の嚆矢」と呼ばれるこのオール・ロマンス事件だが、現在、杉山の小説はけっして差別小説と言えるものではないとの評価が一般的である。

初出一覧

「部落問題と文学」　「文学」一九五九年二月号
「部落の娘」　「新小説」一九一九年三月号、四月号
「エタ娘と旗本」　「同愛」一九二六年一月号、二月号
「穢多町の娘」　「日本一」一九二〇年三月
「最後の夜明けのために」　『日本部落冬物語』理論社、一九五三年
「化学教室の怪火」　「中学世界」一九二二年二月号
「屠殺場見学」　「文化運動」一九二五年一月号
「特殊部落」　「オールロマンス」一九五一年十月号

・旧字・旧仮名は、新字・新仮名表記に改めました。
・難読と思われる語にふりがなを加えました。
・「最後の夜明けのために」は『日本部落冬物語』を、その他の作品は初出誌を、それぞれ底本としました。
・本文中、今日では差別表現につながりかねない表記がありますが、作品が描かれた時代背景、作品の文学性と芸術性、そして著者が差別的意図で使用していないことなどを考慮し、底本のまま掲載しました。

上原善広（うえはら・よしひろ）

1973年、大阪府生まれ。大阪体育大学卒業後、ノンフィクションの取材・執筆を始める。2010年、『日本の路地を歩く』（文藝春秋）で第41回大宅壮一ノンフィクション賞受賞。2012年、「『最も危険な政治家』橋下徹研究」（「新潮45」）の記事で第18回編集者が選ぶ雑誌ジャーナリズム賞大賞受賞。著書に、『被差別のグルメ』、『被差別の食卓』（以上、新潮新書）、『異邦人—世界の辺境を旅する』（文春文庫）、『私家版　差別語辞典』（新潮選書）など多数。

シリーズ 紙礫6 **路地** 被差別部落をめぐる文学

2017年2月5日　初版発行
定価　1800円＋税

編　者　上原善広
発行所　株式会社 **皓星社**
発行者　藤巻修一
編　集　谷川 茂
〒101-0051　千代田区神田神保町3-10
電話：03-6272-9330　FAX：03-6272-9921
URL http://www.libro-koseisha.co.jp/
E-mail：info@libro-koseisha.co.jp
郵便振替　00130-6-24639

装幀　藤巻 亮一
カバー写真　八木澤高明
印刷・製本　精文堂印刷株式会社

ISBN978-4-7744-0628-2